# 棄子

傅真——著

金車・島田莊司推理小說獎
決選入圍作品

島田莊司——講評
玉田誠——導讀

# 關於【金車・島田莊司推理小說獎】

華文世界近年來掀起了一股推理小說的閱讀風潮，大量日本、歐美的推理作品被譯介出版，也深受讀者喜愛。金車教育基金會為了鼓勵華文推理創作、發掘年輕一代深具潛力的推理作家，加深一般大眾對推理文學的討論與重視，獲得日本本格派推理大師島田莊司首肯，舉辦兩年一屆【金車・島田莊司推理小說獎】。

誠如島田老師的期待：「向來以日本人才為中心推理小說文學領域，勢必交棒給華文的才能之士，我可以感覺到這個時代已經來臨！」期盼透過這個獎項讓更多人投入推理文學之創作，帶給讀者嶄新的閱讀時代。

這項跨國合作的小說獎已邁入第七屆，在島田先生和皇冠文化集團支持下，將致力華文推理創作推廣到世界各個角落，讓此一獎項不僅是華文推理界的重要指標，更是亞洲推理文壇的空前盛事，期盼未來華文推理作家能躍上世界推理文壇。

【導讀】

# 島田獎史上罕見的傑作

## （本文涉及部分情節設定，請自行斟酌閱讀）

日本推理評論家／玉田誠

本作《棄子》，在此次入選的三部作品中，可能故事看起來最為單純。偵探半波接受富豪王展的委託，希望能找出王展昔日愛人趙萍的兒子。半波想憑藉三年前趙萍寄來的信中所寫的地址，找出她的下落，但趙萍已經自殺。半波從這裡開始追查趙萍的足跡，而故事也是採半波的視角展開，不過類似這樣的故事，一再向相關人員打聽消息的場面往往容易讓人覺得無聊，但這個故事絕不會讓讀者感到枯燥。在與遇見的眾人談話的過程中，添加了一些小謎題，以及福爾摩斯式的發現和邏輯，對於故事中一些像是小配角的登場人物，也做了很鮮明的形象描寫。其人物塑形頗具巧思，讓人覺得像是欣賞舞臺劇或連續劇。

不過，讀者們要是覺得這是一部沒有什麼大型機關，手法很直接的推理小說，那你肯定會大感意外。以半波的視角描述的打聽場面中，反覆插入「我的存檔」

和「委託調查紀錄」這樣的構成，以及和某個人物的過去有關的事件構圖，它們會依據偵探的視角而逐漸明朗化。這樣的故事展開一如預期，但本作在最後故事結束時，還準備了另一個驚奇。至於這是怎樣的驚奇，以及本作與以往那些採取冷硬派風格的推理小說最大的差異處為何，筆者很想加以說明，不過，在這刊登於書中開頭的解說中，還是不要破梗為妙。

在此，我只想先提到一點，那就是在本作中，偵探與讀者間立場的對比。如果是一般的「偵探」小說、「偵探」是站在神的視角，駕馭事件全體構圖的人物。他一再的四處打聽，藉由仔細的調查，查明相關人物的過去，得知目前的處境，以此清楚呈現出背後隱藏的事件構圖。因此，在故事最後，「偵探」可說是能俯瞰全體，向讀者說明其情景的唯一存在。然而，在本作中，卻只有讀者擁有超越「偵探」的視角，貼近這個故事，得知在這個事件的漩渦中某個人物的「某件事」。

身為主角的偵探，儘管他的物語已經結束，但是對讀者而言，這樣的結束卻是一個全新故事的開端，如此顛覆的構成著實巧妙，自由操控時間軸的故事構成，加上故事本身的虛虛實實所呈現出的技巧，居功甚偉。

這個機關會讓人產生一股平靜的感動，並對登場人物產生共鳴，這樣的巧思頗具文學性，但技巧極為人工性。不過，這種本格推理小說的人工性，在作者巧妙的筆觸下，已經過完美的除臭，反過來說，作為一部與自然主義文學完全相反的本格推理小說，它提高了質感。本作藉由本格推理小說的技法，寫下一個帶有純文學氣息的故事，就算在島田賞過去的眾多作品中，也可稱得上是罕見的傑作。

期待作者下一部作品的問世，並有更傑出的表現。

Contents

# 委託調查紀錄 一

雕了花的實木雲石茶几上放著一只水晶杯，裡面倒滿了還沒碰過一口的熱茶。杯子旁邊有著一個純銀花瓶，瓶子裡插著八朵嬌嫩漂亮的花。半波略感好奇，臉部靠到花前想要伸手觸摸，但沙發後的女人喝止了他，「請別隨便亂碰。」

半波馬上把手縮回去，「這花是真的？」

「真的。」

「第一次見到長這樣的花，是什麼花？菊花嗎？」

女人皺起眉頭，暗忖這男人真是孤陋寡聞，她不屑的回答：「是茱麗葉玫瑰。」

「茱麗葉？羅密歐的那個茱麗葉嗎？居然還能這樣起名。」說罷他又想伸手去摸一摸莎士比亞的名著。

「不是叫你別碰嗎？這花可貴著呢。」

「是王太太買的花嗎？」

「當然不是！」那女人神情黯淡下來，「你真不知還是假不知？」

「不知道什麼？」

「你不是偵探嗎？居然委託人的情況也沒摸清？不，你是從不看新聞的？」

半波揚起手，示意沒有注意，誰會無事查人家事。那女人沒好氣說道：「王太太在生女兒時就過身了，而王先生的女兒在五年前也去世了，這花從前是她最喜歡的，每逢小姐生日，老爺都會吩咐我去買的。」

「啊，那起事件。」半波這才想起那起綁架撕票事件，案件中那女孩最後被匪徒殺了，他記得那女孩遇害的時候才十七歲，新聞還有大肆報導過。

「噓！別那麼大聲，除非王先生自己說出來，不然你絕不能提起這件事。」

「抱歉，我知道了，我會注意的。」

進來這敞大的屋子後，這個女人就叫他在廳子等候，且一等就是大半小時，雖然他今天本來就無所事事，但實在不喜歡這乾等的感覺。

他瞄了一下那扇厚重的大門，房子的主人正在跟某些人商談，一時三刻似乎沒有出來的打算。

半波只好百無聊賴的繼續搭訕：「還要等多久呢？」

「請再稍待半刻吧，很快的了。」

「不能由你跟我說委託的內容？」

「不能，因為委託你的人不是我，是王展先生。」

「透露一點也行嘛，大概是怎麼樣的委託呢？」

「等他跟你親自說明白吧。」

「呃，莫非你也不知道？」

「別試探我了，你這種伎倆無法動搖我。」

「噢。」半波只好作罷。

也許不常到有錢人的家裡，他沒見過全屋鋪滿金絲刺繡地毯的房子，也沒看過掛在牆壁上的鹿頭擺設，更別說恍如酒店大堂般的古鎮燈飾。但這些看久了也會生厭，特別是像半波這種不知情調為何物的人，根本不懂得欣賞。

但他很喜歡看人。

他這才留意起廳子唯一站著的女人，雖然臉上總掛著一副生人勿近的冷淡表情，但眼神凌厲敏銳；她衣著端莊整潔，頭髮梳理得一絲不苟，確是一副女管家的模樣。

而且雖然年過半百，但皮膚保養得宜，身材勻稱肌肉結實，肯定常做運動。加上妝容淡而清爽有神，估計甚懂養生。他很少在上年紀的女人身上看到這種打扮，不由得生出清新的感覺。

「蘭小姐你全名是什麼呢？」半波抬起頭問。

「為何要知道我的全名？」

「這個嘛，辦案時記錄全名會比較好。」半波微笑。

「我叫李若蘭，但我只希望你叫我蘭小姐。」

「若蘭，像花一樣的名字。」半波盛讚，但那嚴肅的女人當然毫不在乎。他本來還想開口問她有沒有姊妹叫劍蘭或者香蘭，但怎麼看她都開不起玩笑。

他從名片盒裡掏出了一張上面寫著半波偵探社的名片，是昨天新鮮製作出來，他對自己第一次用電腦繪出的圖案甚感自豪，便如珍似寶般遞給了蘭小姐。名片的頭銜取了調查員而不是私家偵探，是想讓人覺得自己專業一些。

「請多多指教。」

「收回去吧，你的聯絡我有了，所以才能找到你。」蘭小姐說，眼神還是一樣冷冰。

「咦？為何你會有我的聯絡呢？我昨天才剛把名片製作出來。」

「這不重要吧？」

「重要啊，在這之前我根本沒有名片，蘭小姐是從哪裡得到我的資料？」

「反正是得到了才能聯絡你吧，你就別問這種無關痛癢的問題了。」

話是這麼說，但半波還是十分在意。難道是之前自己手寫抄下的小廣告？還是貼在偵探社附近的街招？也很可能是前客戶向她舉薦的，對，這可能性比較大。

不過李若蘭大概不會告知原因，只好留著好奇心看看等會能不能探究出來。

又過了十分鐘，那扇讓半波注視已久的大門終於打開，從裡面走出來一位身形高大且體格壯碩的男人。他看上去最多五十出頭，而且穿著合身的西裝，感覺精悍自信，不像傳聞中那般老邁昏瞶。

「我是半波，偵探社的負責人，王展先生你找我來是有什麼要事呀？」

那男人愕然以對，然後像看外星人般看著半波：「你是偵探？」

「對呀。」

「本地人？」

「土生土長。」

那人突然沉默。

「怎麼了？」半波問。

「沒事，我不是王展，我是他的弟弟王思鐸。」

「噢，抱歉，因為不曾見過他，那他在哪裡？」

「他在房間裡，你現在可以進去見他。」

真是的，都遲了這麼久，幹嘛還要我走來走去，直接出來見面就好嘛。半波嘟囔著，感覺有錢人不易相處，但雙腳還是誠實的走進了房間裡。

王思鐸跟李若蘭面面相覷，女管家看著半波消失的背影說：「真是一個古怪的人，這種人能幫到什麼忙了？」

「誰知道，不過無論是怎樣的人，要是他只會招搖撞騙，我會讓他吃不完兜著走。」

半波摸黑走進房間，就馬上明白過來了；原以為與大廳相連的房間是間會客室，但進去後才發現這裡放滿儀器，明明是大白天卻因關上的窗簾而變得昏暗。那叫王展的人就躺在病床上，旁邊站著一個女看護。

原來王展已是個臥床不起的老人，他這才猛然憶起之前有在新聞上見過他，但相比以前在電視上的模樣，現在的他明顯憔悴且顯老。王展是城中的富豪，王氏集團也屹立超過四十年，業務種類繁多，但主要做的是物流生意。創立集團的王展是於前年中風以致行動不便，加上數年前女兒的事件，他已很少在公開場合露面，難怪半波一時間對他沒有印象。

「素素，你先出去吧。」王展跟旁邊的女生說，後者點了點頭就離開了房間，她經過半波時，有刻意跟半波對視，他感覺這女看護跟某人很像。

「半波先生對吧？請坐。」王展示意半波可以坐在床旁的椅子上。他按吩咐坐下，讓王展可以看到自己。雖然躺著的委託人老態畢現，但精神尚算不錯。

「抱歉要你久等了。」

「沒關係。」

「王先生邀請我來，是有什麼可以幫到你？不管怎樣的委託我都可以，員工忠誠、保險詐騙、抓姦跟蹤，甚至婚前伴侶檢查都沒有問題。」

對，尤其是捉姦，半波對這非常有自信。

「這些都是你平常在做的？」

「主要都是這些，我們偵探社麻雀雖小，但你要啥內臟我都有的。」半波自信滿滿的說。

「內臟？」

「心肝脾肺腎呀，五臟，五臟俱全。」

「哦。」王展明顯不懂半波的幽默，「那兇案那些你會查嗎？」

「兇殺案？」半波雙眼圓睜地看著那人，「死了人那種？找兇手嗎？」

「是的。」

「那不是員警做的嗎？那些是員警才做的吧。」

「一般情況都是員警做沒錯，但也會有不能讓員警做的時候。」

「這……」半波擤了擤鼻子，面露難色，王展居然叫自己查殺人兇手？難不成是想他去查他女兒的死？但不是已經死了有五年嗎？而且當年警察都抓到了人不是嗎？

「兇殺案這種我真沒什麼經驗，這裡治安還好的，加上很少人找私人偵探查兇殺事件。雖然我名義上是偵探，但你要知道，這個偵探跟小說裡的偵探不是同一種人。」半波失笑，「但如果你真的想我替你查，我也可以試試看，你想……」

「沒關係，我其實是想你替我尋人。」王展沒等他說完就打斷他。

「尋人？所以不是兇殺案了？」

「暫時不是。」

暫時？半波不理解這意思，但知道是尋人，當場鬆一口氣。

「你要我尋什麼人呢？」

王展注視著病床旁櫃子上的一張照片，是他與一位年輕女生的合照，那應該就是他死去的女兒了吧。

「找我兒子。」

「誒？兒子？」照片中那個不是獨生女嗎？半波疑惑地托著腮，王展見他也盯著那張合照，否定道：「不，不是我女兒奈奈，是另一個兒子。」

「噢，原來如此。」半波用訝異的眼神看著王展，原來是想找私生子。

「是我跟別的女人生的兒子，名字叫趙名韋。」

不姓王，想必是跟了母親的姓。

「請問這個私生……我指叫名韋的兒子多大了？什麼時候失蹤的？」

「二十年前。」

「二十年前?!」半波從椅子上跳了起來，他雙手撐著腰，眉頭皺得像把彎刀，「失蹤了這麼久啊，現在才想尋人嗎？」

「嚴格來說我沒有見過他，也不能算是失蹤人口，我只是想找到他而已。」

原來王展他沒曾見過這兒子，怪不得相隔了這麼久遠，這可能是他最近才得知有這兒子的事實，不然也不會現在才提出要找尋從沒見過的血脈。那代表趙名韋如今應該二十歲吧，但這算不上什麼獨特的線索。

「這兩年我嘗試叫人用不同的方法找過，都進死衚衕裡。是最近知道半波先生你的大名，才想要拜託你。」

「哪裡哪裡。」

雖然受到富翁的稱讚，但半波臉上讀不出樂觀的表情，沒想到委託人要他找的是二十年前的人。一般尋人案子，兩至三年內還有機會找出來，但一旦多於七年，甚至十年以上，找尋工作會變得極為艱難。一個人經過這麼久的時間，不論容貌、氣質、習慣，以至認識的人、居住的地點，以及名字都有可能改變，更何況這老翁根本不認識他的兒子。

這任務可不容易呀。

「所以你是兩年前才知道有這兒子存在吧？」半波帶著疑惑問。

「準確是三年前。」

「除了名字和年齡以外，還有其他這兒子的資料嗎？例如照片、居住地、特徵之類的。」

「都沒有。」王展立馬回答，但他卻補充說：「但我有他母親的資料。」

所以說，對於這個叫趙名韋的年輕男孩，王展不單沒見過，連他在哪裡、長什麼模樣都不知道，即完全無法進行任何比對作業。

「那你是如何知道你有這個兒子的？你從沒見過他，怎麼知道他是你兒子？」

王展在床旁的櫃子上，拿起了一封信件，遞給了半波，「這封信是我舊情人在三年前寄給我的，上面寫了這件事情。」

半波接過信封，「我可以看嗎？」

「我給你就是讓你看的。」

半波打開那已被撕開的信封，從裡面拿出一封泛黃的信件，他唸著內容：「王展，我是趙萍……我讀出來沒問題吧？不說出聲音來我會記不住。」

「隨你便吧。」

「謝謝。」半波繼續，「……我猜你已經忘記我了吧。客套話我不多說了，十七年前我被你拋棄，只能離開你去別的地方，這事容我提醒你一次。那時你嫌棄我出身，把我無情的給拋棄掉，這事即使過了這麼多年，我還是歷歷在目。我寫信給你不是跟你緬懷過去，我知道我是生是死你都不會在乎，但我還是有必要寫這封信，因為我有你肯定會很感興趣的消息。

我是想告訴你，當初離開你時，我已懷有你的身孕。這麼多年過去，我的兒子，我那可憐的兒子，因為你的關係，每天都過著你難以想像的悲慘生活。我完全不稀罕你的施捨，恨不得把你忘得一乾二淨，但小韋不一樣，他不該過著現在這種生活的。我知道你這幾年也發生了很多事情，而如果你還有一點良知，或者想你的王家有後，請你以後好好照顧你自己僅存的兒子吧。縱使你永遠都看不起我，但你的兒子是無辜的。

P.S. 你的兒子叫趙名韋。」

半波讀完了這封信，一下子把整件事的始末明白過來：二十年前王展跟叫趙萍的女人好上，但卻因她的出身拋棄了她。趙萍離開時懷上了王展並不知道的親生骨肉。一直到三年前，王展收到趙萍這封信，才得知自己有這麼一個私生子。只是那之後王展並沒立刻尋找兒子，而是不知什麼原因事隔一年才去調查，可能是需要時間去了解這事的真確性？也有可能認為這是詐騙的信件，像他這種富翁以前肯定有過不少女人，早就四處留情播種也不足為奇，王展對這可能見怪不怪？

總而言之，兩年前他嘗試去尋找這名私生子的下落，卻一直都不得要領。

「這封信是三年前寄的，那這三年你有回信嗎？她還有寄別的信來嗎？」

「沒有，這是唯一一封。」

「那如果想要找到他，你回信去給你舊情人不就可以了？信封上有回郵地址啊，她既然想你認回這兒子，肯定很樂意告訴你哪裡能找到他。」

「你說的我試過了，但她沒有回覆我，正確來說，我寄的掛號信件退了回來，那女人並不在她信寫的地址上。」

「這樣啊……」看來趙萍也能列為失蹤人士了，會不會是因為相隔了一年才回信，她這段時間搬了他處？要是王展之前已派了其他人去尋找也無所獲，很可能這就是答案。

「恕我好奇，這封信的真偽驗證過了嗎？如果有人存心想騙你有一個你從沒見過的兒子，也有這可能性吧？」半波道，他想到王展膝下已無後裔，有人會拿這個來騙他也不是沒有可能。

「你說的我當然有想過。」王展把一條銀色的鍊子拿了出來，「這鍊子就是證據，兒子可能是拿來騙我的把戲，但這女人，確是我十多年前曾經在一起過的人。」

鍊子吊墜裡有王展跟那女人的照片，這算是定情信物？想不到老一派的人這麼喜歡把照片掛在胸口上。半波攤開雙手接過了鍊子，然後小心翼翼的收在帶來的封口袋中。若情人的身分是真的，她確實沒道理要在二十年後才虛構出一個不存在的兒子來。

「私生子的事，家裡其他的人都知道嗎？」

「都知道。」王展說：「你如果需要什麼資料或者幫助，可以直接跟蘭小姐提出，她會協助你的。

不過，這事你千萬別對外說，我的背景你應該明白，我不希望消息會流給外界知道。」

「我懂的，別的不敢說，就保密功夫一定到家，保障客戶的私隱是調查員必須要有的質素。」半波言之鑿鑿地答應，「不過想扯個題外話。」

「說吧。」

「王先生是怎麼找到我的呀？像我這種小偵探社，想不通為何會被你這類大人物知道。」半波有點在意對方是怎麼找到自己，照道理像他這種不知名的偵探，能獲得城中富翁點名，不是一件正常的事。

「社交網站打偵探關鍵詞找出來的，被你的名字吸引。」

咦？居然是網上隨便找的？而且還是因為名字搞笑的關係？他差點沒笑了出來。

他耷拉著腦袋離開了房間，外頭的蘭小姐見他出來就把一份趙名韋的資料交到他手上。

「王先生吩咐你的事情你都清楚了吧？」

「清楚的，我會盡力。」

「雖然我對你沒什麼期望，可是如果你能給這件事查出一個結論，對王先生來說是極其重要的事。」

半波打開了公文袋子，卻是先掏出了一張支票，上面寫著港幣十萬元。

天！有錢戶就不一樣，出手闊綽啊！不過隨之一陣憂慮感襲來，「要是找不到他，那這錢……」

「這是訂金，找到人帶回來能拿更多。但如果找不到，這錢也不用還，只要把查出來的報告都給我。」

無論找不找得到也不用還返訂金？世間上居然有這種優差？不過他也不是那種騙錢不幹活的人，他還是想收錢後盡力完成差事。

半波握緊蘭小姐的手，「謝謝你的信任。」

「你幹什麼？」蘭小姐甩開他的手，一臉厭惡的向著眼前這四十歲大叔說：「像你這樣信口開河的人我見過不少，若果你認為隨隨便便就能騙到錢就大錯特錯了。」

「這也是我正想問的，聽王展先生說你們之前有去找尋過這位兒子，都沒有獲得什麼線索嗎？」

「文件夾裡就有那些資料，但有用的不多，連他母親跑哪裡去了都不清楚。坦白說真不知道是你們這種所謂偵探窩囊，還是那兩母子藏得深，根本找不出來。」

「找不到不一定是藏得深，既然有心想你們來尋子，照道理不應躲藏才對，我看背後一定有文章。」

「這是你要做的事，但調查過程一定要低調，不能輕易透露出王先生的名號，不能讓任何人知道他有個私生子。」

「不隨便亂講我知道，可是完全不能透露要怎麼找呀？」

「我意思是在你沒十足把握時別四處宣揚，你要知道王氏集團也算有點影響力，好歹也是間上市公司。老爺做生意這麼久，能有這成就很不容易，但也因此得罪過不少人。」蘭小姐湊到半波的耳邊說：「我們一直相信小姐就是被仇家害的。」

「啊，被綁架的那件事？」

「是，這傷透了老爺的心，所以身體才會變這樣。」

「我聽說當時有抓到人對嗎？」

「人是抓到了，但都是些省港奇兵，為錢份上什麼都幹得出來那些，只是為何會盯上我家小姐又這麼快能下手，背後一定有人給他們資料。」

「所以說，如果要動用大量的人手，甚至警方的力量，那全世界都會知道這事，那會有不少仇家謀這私生子的主意，重蹈當年綁架案的覆轍。先不說找不找到真的，但肯定會有一堆假的來冒充。」

「你知道就好。」蘭小姐本想把話說出口，沒想到半波已經明白。

「我大致明白了，不管有多少回報，我也會查個水落石出的。」

公文袋裡除了支票，還有那位叫趙萍的女人的一些資料，包括她二十年前的照片、住址之類。半波隨後也拿了蘭小姐的手機號碼，被她叮囑要好好研究，若有什麼需要就可以直接找她。

他離開了王展的別墅，登上了自己駕來的客製房車，徑直向大道方向駛去，倒後鏡中的他一直掛著愁容。

我人生其中一件最後悔的事，是錯過對喜歡的人表達愛意。我從前不明白，比起拒絕，沒有親口把心意告訴她才是最挫敗的。

坐我前面叫阿浩的男生被什麼突如其來的東西擊中了臉部，一時失了平衡從座位上跌了一跤，隨後傳來了哄堂大笑的聲音。

我馬上扶起他，他卻根本不敢看我一眼。

「居然中了！」一把惹人討厭的聲音說。

「你這橡皮筋槍厲害啊，射得又快又遠。」另一把聲音道。

「這槍是偉哥給我弄的，說是給我專門對付這頭豬。」

「給我也試試！」

阿浩別過臉，橡皮筋只射中了他的背，以這程度應該不痛不癢，但卻無比羞辱。我煩厭地看著他們：「別這樣。」

「賀倫，關你什麼事？射他！」橡皮筋連環地向我射來，我按耐住自己的怒火，止住了要給他們教訓的心，其他在場的人全都一聲不吭，沒有人敢過問什麼。

「我們來玩遊戲吧，射中身體的一分，射中頭的兩分，如果射中阿浩那小雞雞的就三分。」

「哈哈！好啊好啊，我們輪流來！」

「喂！你們住手！」一個女生剛從房門走進來，見到狀況馬上站到他們之間。

「喂，鍾無豔，走開吧，你擋住我們了！」

她厲聲道：「你們為何這樣？真的很幼稚誒！」

「你這醜女人快點滾吧，別阻擋著！」醜女人說的是她，她也不叫鍾無豔，她叫何巧思。

「你……你說什麼？」

「說你呀，長這麼醜怎麼還有臉上學，快回家去啊。」

「狗口長不出象牙！我們是看不過眼你們經常欺負人。」

「哦？是怪我們只照顧他，沒好好照顧你？」

「你想幹什麼？」

「射她！射她！」

「停手啊！」她喊話。

那群混蛋真的拿起橡皮筋槍向著她瞄準，我見狀立馬撲了過去，一邊吼叫一邊抬起一張椅子作勢要擲向他們。他們平日總在班上逞能，常欺負人，我早就看不過眼。平日對誰這樣我都視作不見，但唯獨欺負她就不能忍。

他們見到我兇狠的樣子和舉動，嚇得像鳥獸散般摔門而去。

「你不會真的想擲椅子吧？」她看來也嚇了一跳，問我。

我把椅子放了下來，「不這麼做他們不會收手，你沒事吧？」

「你應該問他才對吧？」她看著我身後的阿浩。

「我沒事的……只是些橡皮筋而已。」阿浩一臉無辜的說。

「那些人怎麼這麼討厭，非要做這些事情。」

「他們不做這些事便無法刷到存在感。」我說。何巧思向來都是一個正義感強的女生，相比其他班上膽小怕遭殃的同學，她是班上唯一一個會挺身而出的人，也是住在我心中特別的一個。

「謝謝你，這班上就你會替人出頭。」

「我是班長呀，怎麼可能由得他們欺負其他同學，而且，你不是也有幫忙？」

我只是笑了笑。

「下次他們再這樣，你去告訴老師吧。」她對阿浩說。

「老師才不管這些。」我衝口而出。

「為什麼？」

「沒……當我沒說。」

我本想告訴她老師根本不會管這些，不知道他們是怕了這群學生，還是怕某一兩個學生背後的流氓老大，反正每次有人舉報那些老師們都無動於衷，甚至激起那群混蛋更嚴厲的報復行為，漸漸也再沒有人敢去打小報告。在我眼中這學校的老師都是暗中允許這種行為的罪魁禍首，我對他們是徹底的失望。

從以前，身為班長的何巧思對老師是絕對的信任，還抱有那份天真的憧憬，我也無謂說出來，這好像會破壞她心目中的印象。

她回到自己的座位，我只能遠處窺覷她半張臉蛋；雖然她臉上有些雀斑，但在我眼裡她卻是沒有瑕疵。她那張閃耀的臉和陪襯在背後的天空，是一直珍藏在我腦裡的絕美畫面。我一直沒敢向她表露喜歡她的心意，不單是怕她會決然拒絕，更怕她不敢再跟我有任何交集。

放學鐘聲響起，我抓緊她離開學生會的時機，在校門前裝作碰巧地遇上她。

「咦？賀倫？才放學嗎？」她看到我，托了一下眼鏡。

「對，能跟你一起走嗎？」我鼓起勇氣說。我跟女班長住得很近，就在學校附近，平日直接走路就能回家。從以前也會像這樣「碰巧」地遇上她，跟她搭幾句閒話，然後和她走一段路。

她爽快地答應我，跟我並肩走著，「你怎麼這麼遲？」

我當然不會說自己故意偷窺和跟蹤她，「去了圖書館轉了個圈而已。」

「圖書館？最近有看什麼書嗎？」

「在看三色貓的小說。」

「咦？你也喜歡三色貓系列嗎？」

三色貓系列全名應是三色貓推理系列，是赤川次郎以貓作為主人翁的推理小說，是班長最為喜好的一套讀物。只要翻開每本三色貓作品的借閱紀錄，就一定能找到何巧思的名字。一直留意班長的我當然是因為這樣才嘗試去讀這套作品，為著能跟她可以有更多共通的話題，這種傻事我是一點也沒有少做。

不過她一直都不知道我是為了她才投其所好。

「你最喜歡哪一本？」

「當然是《最後審判》了，當中的詭計簡直精彩絕倫！」

「我也是呢！雖然《失樂園》那本也是非常出色，但要說三色貓系列的第一名，始終都是《最後審判》。」

「沒想到能跟你有一樣的愛好。」我說，她喜歡的，我不會懷疑自己會不喜歡。

「那除了三色貓系列，你還喜歡讀其他推理的小說嗎？」

「喜歡，都很喜歡，除了赤川次郎，我最喜歡的偵探推理作家就是阿嘉莎。」

「阿嘉莎啊！我也好喜歡她啊！」

看著她笑逐顏開的表情，想起每晚回去苦讀偵探名作的意義就是為了想看女班長的笑臉。由初一那年我就已經留意她，每星期五放學她都一定會去學校裡的圖書館借小說，其中偵探故事是她最愛，幾年間學校裡頭的藏書都被她看得一乾二淨，有些還重看了一兩遍。

她看過的我都看過，彷彿苦讀這些推理小說就能了解她所追求及渴望的東西是什麼，也許我是自認為這樣能更接近她的生活和思想吧。

雖然只是短短五分鐘的路程，但這五分鐘比一天任何的時間都要珍貴。如果我能更大膽一點，主動一點，也許跟女班長的關係會有很大的不同吧？

「我到家了，下次再聊。」她跟我揮手道別。

「啊，班長。」我叫住她，我從前沒敢說的，現在要把握機會說出口。

「怎麼了？」

「我其實收藏了一本推理小說，保證你沒看過的，你有興趣想看嗎？」

「保證我沒看過？」她好奇的看著我，「我看過的推理小說可不少，你別告訴我是在圖書館裡借的，我可大部分都看過了啊。」
「當然不是，我肯定你從沒看過。」
「如果真是這樣我很有興趣想看啊。」
「那我明天帶給你？就在放學的時候。」
她沒有一點猶豫，「好啊，那明天校園門口等你。」
這是我頭一次開口約女生，要是知道她這般爽快我就早些開口了。
我從家裡找回來自己以前寫過的文章，隔天親手遞到她的眼前。她那雙水汪汪的眼睛似是不解的看著我：「這是什麼呀？」
「昨天說要給你看的小說，這裡是起始的兩章，用不了多少時間，你馬上就能看完。」
「咦？這是原稿？該不會是……」
「對，這是我寫的小說。」
「真是你寫的?!」她露出了難以置信的表情。這本書確是我自己寫的，是當自己忍不住思念時下筆的。本來想寫關於感情為軸心的故事，但推理小說應該更能引起女班長的注意吧。
我心底裡明白，要讓何巧思對我刮目相看，單靠跟她看一樣的小說、喜歡一樣的作家是不足夠的，如果我能親自寫出一些她喜歡看的題材，我也許就能更加的在她心目中獲得分量吧。

我確是這麼想的。

這女生接過了我的原稿，「真的讓人吃驚，沒想到你居然會寫小說！」

「我也是自己試著寫寫看而已，也許寫得不怎麼樣。」

「怎會呢。」她拿著原稿就坐在大門旁的石階上。她翻開了那大概二十來張寫滿密密麻麻文字的原稿紙，聚精會神地像掃描器一樣翻看，而我也不甘示弱地死盯著她的臉看。大概過了十五分鐘，直到把二十來張紙都看畢，她才抬頭思考著什麼事情。

我沒馬上開口問她想法，只看著她由思考，到逐漸放鬆了緊綳的臉容，最後微笑著轉頭看我，「很精彩的開頭，而且是非常本格的作品。謎題也很有意思，特別屍體是倒吊著被殺的，很讓人想要知道兇手是怎麼辦得到。」

「謝謝，我也是看書時靈機一觸，想到了這個點子，所以打算寫寫看。」

「真好，沒想到你有這種天賦啊……」她暗嘆，「這幾年我好幾次想要自己寫寫看，但腦袋著實不靈光，想不出什麼有趣的詭計。」

是的，沒寫過推理故事也不會知道，要從構思到把詭計寫出來是多麼困難，我動筆的時候就老是碰釘，有時好幾天坐著都寫不出一個字。

「可是……」她又說，「故事裡的主人翁，你是在寫……我對吧？」

「咦？」我吃驚的看她。

故事大概是說女主角打算承繼父親的衣缽當上偵探，初出茅廬的她遇上第一宗離奇的殺人案件。由於女主角的人名也同樣帶有一個巧字，所以被她聯想起來。

「對呢，這也被你看出來了。」我坦白，佩服起她那敏銳的直覺。

「為什麼呢？」她托著腮，像要把所有事情都看穿的眼睛看著我。

我很想說因為喜歡女班長，但突然覺得對她說也沒什麼意義，只好避重就輕地答：「我沒多少女生朋友，所以寫這角色無可避免地聯想起你。」

她放了一個「原來如此」的表情在臉上，然後把原稿交回我手中。

「那你快點寫下去，我很想看看故事發展呢。」她雀躍地道，不知是否心理作用，她看我的眼神好像有點不一樣。

「故事想好要改什麼名字了嗎？」

「四色鳥探案。」我隨口說。

「喂！會不會太敷衍了。」

「我是沒想到，起名字不是我的強項。」我說。這故事從以前就一早寫好了，現在打算分成一小部分給她看，那她就不用迫著一天看完。

就是這樣，我靠著這方法跟這女生加深了交流，每天指定的時間我都帶著原稿給她過目，就像個小型的讀書會，只是讀的是我寫的書。

從以前因為跟女班長住得近，我就幻想可以在住宅大廈的花園平台跟她每天聊天，那裡沒人騷擾而且環境清靜。我甚至會腦補一些小劇情，例如我們聊天時被其他班上的同學撞破，或者在學校裡會因而傳出我跟她的緋聞。

然後，我這想法實現了，密會的事情被那群搗蛋分子知道，並且被他們加鹽加醋地傳遍了整個班級。開始有人稱呼我們是兩夫妻，又說我們在秘密偷情。未成年的人就是幼稚，特別是在這個班級裡！不過充當了一回緋聞中的男主角原來是這麼回事，我這次算是見識到了。

我知我不該幻想太多，女班長要真是跟我傳緋聞也不會喜歡上我，反而很可能因為介意流言蜚語而抗拒跟我有交集的時間。

「賀倫！我要你馬上停止跟女班長往來！」其中經常在班上欺負人的阿忠對我喝道。他雖然平日經常取笑女班長，也是把緋聞傳得最兇的罪魁禍首之一，但任誰都知道他其實跟我共享了同一個暗戀對象。

「為什麼？」我不服輸地問。

「你好大的膽，你不照照鏡子，就你能配得上女班長？」

「我們什麼都沒做！」我說，把流言傳開去的是他，不想我接近她的又是他，我真的不了解為何他們要干擾我。我想要沉著地反擊，他卻惱羞成怒直接揍我。

我被他拳打腳踢，就似個沙包般被他發洩著怒氣。

好一會後他停手了，我猜他可能打到手累了，覺得自己就是個優勝者：「你別讓我知道你再去見女班長！」

我從地上爬起身，我沒真的受傷，可肌肉彷彿憶起了腫痛感。我沒整理好自己就趕到花園平台處，女班長就坐著等我，她本來臉上還帶著笑容，可見到我後馬上變了一張嚴肅的臉。

「你怎麼傷成這樣？」她驚訝。

「沒事，小事而已，我帶了給你小說接下去的兩個章節。」我從書包處掏出了原稿。

「是誰把你打成這樣的？」

「我沒事的。」

「不行，我得告訴老師去。」她站了起來。

我趕緊拉著她的手，「別去，老師不會管這些的。」

「什麼意思？」

「就算老師找他們訓話，最後只會變本加厲，會報復得更深，這種事我是很了解的。」

「為什麼你會很了解？」

我不想解釋太多，我根本不在意這些，現在的我只想她好好讀我的小說。

她默不作聲，知道說服不了我，只好作罷。

雖然阻撓的戲碼持續發生，但我們依舊繼續交流和分享推理小說。我最近也因此重新拾起筆開始新的故事，我希望跟眼前這個她分享自己更多的作品。

在我交出了這部十萬字小說最後一話的那天，她帶著感謝的心接了過去，並收進了背包，沒有像平日般馬上閱讀。

「最終章我就拿回家慢慢細讀了。」她站著說，沒打算坐下來。

「不馬上讀嗎？」我居然感到失望，我為這故事結尾留了一段話，我很希望可以親眼看到她的反應。

「嗯，我還是回家再看吧。」但她卻沒有這個意思。

「哦。」真是事與願違。

她突然說：「賀倫，我想跟你說，你覺得我們是不是不該這樣私下見面？我是不介意那些閒言閒語，但確實跟你走得太近會讓我有所誤會。」

雖然我預知到結果，但真的聽到這種話時也差點心臟停頓。女班長就是該這樣，她最多只會把我當成讀書會的朋友，既不知道我喜歡她，也不可能喜歡我。

到頭來無論是誰，我都不能改變些什麼。

「你怎麼不說些什麼？」她皺起眉頭問。

我不知道有什麼可以說，我本想利用小說把自己的話告訴她，沒想到沒等到那時候就被拒絕了。

「我的小說……你不喜歡看是嗎？」

「當然不是啊。」

「那因為怕跟我往來惹來閒言閒語是吧？不想跟我這種人來往。」

「我說了我才不管那些人。」

「那是因為我礙著你的時間？」

「不是呀……」

「哦。」我想不出緣由，也不知怎麼把話接下去了。

我呆若木雞地看她，她很真誠的回望我，但同時女班長那張厭惡的表情在我眼中重疊了。

「想不到了？」她問我。

我搖頭，我沒想到要說什麼東西。

她倏地嘆了口氣，「真是的，你這樣不行啊。」

「誒？什麼意思？」我有點懵，她的語氣怎麼忽然嚴厲起來。

「你應該更加去尋求原因，而不是馬上打退堂鼓或否定自己，有些事你該主動時就要主動啊。」

我皺起眉，試著理解她所說的話。

「算了，結局我回去再看，我走了。」

也許我這個人就是欠缺自信。其實在升了高中後，我就難以再跟女班長有接觸，她總是刻意的迴避跟我同行的契機，就算在校門外相遇，她總是跟另外的女同學在一起，再難找到跟她獨處的機會。我們就形同陌路人，就算見到面也沒有什麼深入的交流。

我自己也自慚形穢，不覺得能跟女班長走得更近。這想法局限了我，也把我跟她的關係加上了一道欄柵。

我以為跟她的結局就該在這裡完結，但似乎沒有人喜歡這樣的結尾。幾天後，她約我過去音樂室見面。

我下課帶著忐忑的心情赴會，她就坐在鋼琴前，雖然並沒演奏，卻若有所思的看著琴鍵。

「女班長。」

「啊，你來了。」

「怎麼要叫我到這裡來？」我滿腹疑惑地問。

「當然是有事想跟你說。」

「什麼事？」

「我看完你那本小說的結局了。」她說。

「真的嗎？那看懂了嗎？」我沒想到她會把它看完。

「看懂了。說真的，結局我真的意想不到，我沒想到死者是在倒吊著做瑜伽時被殺，再被兇手假裝是被綁在樹上殺死的。」

「是吧。」我說，但我所說的並不是這詭計。

「嗯，寫得很好，想到這只是你第一本作品，實在太了不起了。」她說，「不過那個結尾……」

她凝視著我。

「裡面說的話是真的嗎？」

她原來有注意到，雖然她沒義務要讀懂我所寫的內容。

我這本處女作的故事裡，用了女班長作為主人翁，讓她扮演偵探去完成心願，而故事裡她有一位得力的男助手。雖然樣子不帥、做事也不利索，但他也有優點，就是對女偵探死心塌地，願意為她做任何事情。在故事的尾段，他為了讓沒自信的偵探振作，竟深入危險去試探兇手，卻導致被兇手刺死，而亦因為兇手再次露面的關係，偵探找到了真兇的匿藏地點，最後把他繩之以法。在助手出事之前，他把一封對女偵探的表白信放於工作桌上，裡頭把多年來對她的感情述說出來。

我借了這故事，把我對女班長的心意和觀察，都寫了進去。我就是助手，我就是那個甘願為她做任何事情的那個醜男。

但這結尾如果她沒有看到就沒有意義。

「是真的。」我說：「一直以來我都很想把這話說出口，但沒有任何勇氣，所以才借這故事把我想說的說出來。」

「那如果我不看完這個故事，你的話是不是打算一直藏在心裡去？」她問。

「大概吧……」事實上也確是如此。

「我真服了你。」她白了我一眼：「那故事裡，並沒有描寫女偵探的答覆，是給了自己留白嗎？」她問我。

「因為我不知道她會如何答覆。」我答，因我根本想像不了。

她聽到我說，臉上終於露出了表情，可那不是嫌棄或是覺得噁心的表情，反而看起來有點溫柔？

「借小說來表白，這種橋段究竟有多老土了？」

「確實……」我無法不同意。

「萬一拒絕你呢？這本書會怎樣？」

「不知道，大概像它本來的命運，收在床底下不見天日吧。」

「那多可惜，這是個很好的故事。」

她從琴椅站了起身，雙手攏在後面，似是而非的說：「我其實覺得女偵探也是喜歡著助手的。」

「咦？」

「一個女生，如果對對方沒意思，絕不可能讓他一直留在自己身邊。而且這助手還是跟她出雙入對、共度患難的人。」

「就算是現實也一樣，只要真心地對待別人，那個人肯定會感受得到。所以這沒什麼可怕的，你該坦誠地去面對自己的感情才對，不是麼？」

她跟我說，我分不清她是以什麼身分跟我說。

她走近了我，咬了一下唇：「我在最初跟你相處時，只覺得你很緊張，跟你一起必須要有些耐心。」

「但往下去，我卻通過你的小說，明白了更多你的想法，也覺得你很能打動人，跟你一起的感覺絕對不差啊。」

我的臉有點發燙。

「這段與你一起的時間，我很開心，無論是以女班長的身分，還是……」

我嚥下口水，心臟跳動得快要爆炸。

「所以說，你該對自己有信心一點啊，就像這本小說一樣，得靠自己努力才能完成。」

對自己有信心一點。

「我覺得小說你還得繼續寫下去，最好能改為靈異小說讓助手復活什麼的。」她笑得很好看。

「所以這樣的表白，是你會答應嗎？」我鼓起勇氣問。

她聳聳肩，「你死了後我就告訴你。」

「現實就不用跟小說一樣吧！」

我做過了無數次的夢，幻想著跟女班長表白時的情景，夢想著她答應我的瞬間。如今這畫面真實的在我面前上演，沒想到我也感受到一點開心。

音樂響起，我看著她的笑臉，自己那張嘴巴好一段時間都沒合攏過。

# 委託調查紀錄 二

半波又點了一支菸，站在月台等候著前往檀山的列車。

「那女人名字是趙萍，以前是位女公關，現在年紀應該有四十多歲。」蘭小姐在半波離開時向她透露了王展前度情人的一些資料：「她二十年前是名酒店公關，也是那時接近老爺後被短暫包養過，詳細不能說太多，總之你該懂的。關係大概只是維持半年左右，王先生就跟她斷絕了關係。」

「什麼原因要斷絕關係？」

「什麼原因都行，你說他不想認真也好，說玩膩了亦行，反正是你情我願的情況下分開的，然後的事你都知道了，那女人像煙一樣消失了，兩人再沒有聯絡，是直到三年前收到信件，才知道有這麼一個私生子存在。」

「信上所寫的地址是在檀山市的城鎮內，兩年前我們已經派人去查過，但那個女人已經不在了。」

「搬走了？沒查出搬到哪裡？」

「沒有，當時就認為她是刻意不想給王先生找到才搬走的，所以沒找到蛛絲馬跡。」

「咦？這是為何？趙萍不是想王展來認回她的兒子嗎？但卻突然刻意不想被找到而搬走，不合理呀。」

「猜測而已，可能王先生遲了一整年才回信，中間她改變主意也說不準。畢竟在這之前，已經斷了聯絡長達十七年了。」

半波在月台上又拿出了那封信。信上寫著的地址屬於檀山市的中心地區，乘鐵路去也要四個小時，且抵達後還要再轉乘一趟公車。半波很久沒出這麼遠的門，除了因為沒有什麼委託需要像這次一樣出境調查，他也好多年沒有給自己放過假。所以縱然他覺得此行應該充滿險阻，但也帶著感謝的心情前往。

他拿出了王展交給他的那條放進了透明袋子裡的頸鍊，鍊子其實已經氧化了不少，相盒裡的照片也泛黃，但還是能看得出趙萍的臉。做為當年酒店的頭牌小姐，樣子秀麗是一定的，但最讓人吸引深刻的還是眼角的美人痣。半波心想就算老了二十年，應該還是很有魅力的女人吧，難怪王展他並沒有丟掉這條鍊子。

但真正保留它的原因是否單純因為思念？按他們的說法，似乎是王展單方面拋棄趙萍，既然如此又為何要保留這定情的信物？

太多的疑問充斥著半波的腦袋，這時列車駛進了月台，索性把疑問留到目的地，現在好好的休息來應付其後的旅程。

長途列車的車廂兩邊都有卡座，喜歡坐在靠窗口位置的半波找了個對面無人的座位坐下。他喜歡看書，什麼書都愛看，就算是在列車或飛機夾在座位後的雜誌他也能看得津津有味。他翻開了一本叫《周遊檀山》的書，想要了解一下這地方有什麼值得去看的地方。他從沒去過檀山，雖然聽說過那裡有一個小瀑布叫白髮絲比較有名，但他之前沒找到機會看。如果能借調查的名義順道去看一下也許不錯。

翻開雜誌，檀山有大量的竹林圍繞在城鎮的附近，其中有幾處刻意被開發出行人道和單車小徑供遊客探索。也有幾間配合天然環境而改建的特色民宿和酒店，可讓人融入這自然環境中。但以半波所知，檀山在大興旅遊產業之前，只是個平凡的土鄉僻壤，但短短幾年從窮鄉下地區改變成獨特的郊遊景點，檀山市長絕對是背後的功臣。

這人口不過數千的地方，有著半波此行絕沒預料到的痲煩。

在半波看畢雜誌，眺望著窗外的景致時，他對面坐來了一位年輕的女人。改為旅遊區的檀山市改革的最主要方向就是吸納年輕的族群，所以車廂中有不少青年男女把臂同遊絕不稀奇，半波本也不以為意。

可是那女生穿著與郊區城鎮格格不入的套裝裙和高跟鞋，手上既無手袋亦沒行囊，而最重要是兩旁的行李架上皆沒行李，這讓半波起了注意。

他又留意到那女生雖然樣子清秀可愛，束起的頭髮一絲不苟猜想是個認真的人，但其表情極不自然，有幾次還斜眼瞄向半波，讓他覺得好笑。

「第一天上班？」半波見兩人之間的尷尬氣氛愈發濃烈，便主動開口替她解困。

「啊！」那女生驚呼一聲，似乎沒想到半波會先開口搭話。

「你怎麼知道？」她露出狐疑的目光。

「發車時間已經過了三十分鐘，這個時間來換座位、且要刻意坐在有人的對面有點奇怪，車廂兩邊還有很多座位空著的呢。

然後你手上完全沒有行李，這車發往檀山距離足有四小時之久，一般坐上這車的人都是為了旅遊或公幹，完全沒行李在身極不自然；加上你表情緊張似是有話想對我說的模樣，我猜你是列車的職員或者檀山市旅遊相關服務的銷售員，向準備到達的乘客推銷你們的服務或產品。」

那女生聽得目瞪口呆，被看穿一切的她接著苦笑了起來，她說：「先生真厲害，是之前遇過類似的推銷員嗎？」

「沒有，是第一次呢，那麼說代表我猜對了。」

「可是為何你會知道今天是我第一天上班呢？」

「車廂前邊有個穿著西裝的男人。」

「誒？所以呢？」

「那男人看起來就是去公幹的，從推銷員的角度，向那種人推銷產品應該比較容易談得成單子，無論你是賣旅遊套票或者是酒店的優惠之類。可是你卻第一時間找到我這種不甚光鮮的大叔，怕是想拿我來練練膽子，紓解一下自己的緊張情緒吧。」

「這……我無話可說，確實是這樣呢……」她點頭道，「可是萬一我是賣老人產品呢？你反而會是我的頭號目標才對，你怎麼能排除這可能性？」

「確實，這的確有可能，但還有一個主要原因驅使我做出你是新人的結論。」

「是什麼？」那女生好奇地把身子向前傾。

「你外套上的價錢牌還貼在衣服上。」

「誒？」那女生吃驚地舉起手，瞥見那白色的貼紙就貼在腋下附近。

「真尷尬，沒想到第一天上班就如此狼狽。」她把貼紙撕下來，舒了口氣。

「先生既然我們都說開了，離到達也有不少時間，不若我跟你說說我們旅店的套票，說不準你會有興趣。」

「我不要。」半波一口拒絕，那女生似不想放棄地問：「為什麼呢？你一個人前來也要住宿不是麼？我們可是檀山數一數二的旅館，絕對能給你一條龍的優質體驗，包括專車司機帶來遊覽名勝，也有舒適高級房間給你充分的休息，套票還包括早午晚餐呢。」

「真不需要了，謝謝你的解說。」

「為什麼呢？這是我第一天上班，就盼著能做到第一單生意。」女生泫然欲泣地注視著半波。

「你本身住在檀山嗎？」半波問。

「嗯，是的。」

「看你的年紀，似乎剛畢業沒多久，有二十歲嗎？」

「我今年都二十二歲了，不過確實剛大學畢業。」

「大學畢業但卻做推銷員？」

「我其實只是兼職做做看而已，為自己賺點零用。」

半波靈機一觸，從袋子裡掏出了趙萍的照片，「你能替我看看，認不認識這個人？」

雖然是二十年前的照片，但趙萍她樣子秀麗，他猜對方現在的樣子應該不會差天拱地。

可那女生一皺眉，沒看一眼就說：「先生，我在上班中呢。」

半波完全意會到她的意思，心想有錢洗得鬼推磨，只好說道：「我確實沒找到住宿的地點。」

「真的嗎？那來我們旅館正好呀，我給你套票，要不要包自助早餐？」

「最便宜的就可以啦。」

「噢……最便宜的啊？」那女生難掩失落神情，「好吧，總比沒有的好。」

「那麼……」半波揚了揚手中的照片，那女生接過去，仔細的觀察，「這個女人……」

「怎麼了？見過了嗎？」

「沒見過。」

「噢……」

「這照片太舊了吧，怎麼能看出來呢。」

「也是，但這已是我唯一的照片了。」半波道，但他沒放棄，接著給對方一個地址，「這個地方，你知道是哪裡嗎？」

那女生看過地址，在手機上搜了一下，「哦，這裡啊，是中山道那邊，不過中山道是商店街呀，少有住宅的。」

「啊？不是住宅？那是什麼地方？」

「我看看哦……」她快速的輸入了門牌，螢幕裡顯示了一間過橋麵線的店鋪。

「是間麵店。」女生說。

「麵店？這麼奇怪？」半波疑惑的沉思，為何趙萍給的地址會是一間麵店？

「你找人嗎？」

「嗯，她就給了我這地址，但沒想到是間麵店，不過其實她給這地址時已經是三年前的事情，也許根本和麵店沒有關係。」

「三年前？」女生似是想到什麼，又按下手機的按鈕，「三年前這地址還是間洗衣店呢。」

「真的嗎？」半波馬上掏出了筆記本，把關鍵詞記了下來，「三年前是間洗衣店……即是它後來易手改成麵店？」

「大概是吧，網上查出來，是兩年多前轉手的。」

「這樣啊……」半波有點困惱，不過麵店好、洗衣店也好，要是倒閉了，趙萍大概已不在那裡，唯有下車後直接去調查看看。他答謝了那位年輕的銷售員，從她那裡買了最便宜的一張住宿套票。那女生本想抱怨什麼，但看半波一身寒酸的衣著，只能見好就收了。

火車到達檀山市已經是下午五點鐘，雖然時間已經很晚，但半波認為他還是直接去那地址上的麵館比較好。

跟著信件上的地址，一邊詢問一邊探索，果真在離車站十分鐘路程的鎮上，找到了一家賣麵線的店舖。就算明知道剛才火車上的女生沒必要騙他，但當看到店面那誇張的招牌圖案時，也難免感到失望。但他是個習慣克服困難的人，也早知這任務絕不簡單，倒不如按部就班，索性從這麵店著手，也許能探出什麼有用的線索。

他提著行李袋就走進了麵店，一位穿著制服的中年婦人看到半波，先是錯愕，但很快回復親切的臉迎接他，「歡迎光臨，幾位？」

「一位而已，已經營業了對吧？」半波看了一下手錶，才五點十分，店內除了他和兩個服務生，並沒有其他客人。

「營業的，隨便找個位坐吧。」她給半波遞了杯熱茶。

「這裡有什麼好吃的呢？」

「不是自誇，我們這裡什麼都好吃，如果你食量大的可以試試招牌麵線，一大碗什麼都有的。」

「不不，我吃不下這麼多，就要碗正常的麵線，清湯就行了。」半波完全吃不了辣，他試過在類似的店吃最小的辣度，也要喝一樽水來解辣，結果因為喝水喝飽了，完全沒有把麵吃進肚裡。

因為還沒人，叫的麵線很快就送到桌上，看著熱騰騰的麵條冒起的白煙，原先不餓的他也忍不住挑起了食慾。

「這麵很香呀，老闆娘。」半波邊吃邊向那女人讚賞道。

「是吧，沒騙你呀。」老闆娘笑著說，「我看你應該是第一次來？你怎知道我是老闆娘？該不會你有什麼特異功能吧？」

半波吃吃的笑，這次真的沒有耍腦筋，「誤會大了，我對誰都這麼說，不怕得失人。」

「來觀光的？」

「心底裡是想觀光，但我是來公幹的。」

「我看你的打扮以為你是來旅遊的，來公幹的人一般都穿得很正式的。」

「是麼？這已是我最正式的服裝了。」

半波見老闆娘健談，就笑著說：「這店好像以前沒有的，是最近才新開張的嗎？」

「原來你不是第一次來嗎？不過我們也開業兩年多了。」

「之前這裡好像是洗衣店？」

「是洗衣店沒錯。」老闆娘點頭道。

半波停下了碗筷，「那你認識本來經營那洗衣店的人嗎？」

「誰？洗衣店的老闆？」

「對，你認識她嗎？」

老闆娘搖搖頭答道：「不認識，其實我不住在檀山，是因為找到這裡的舖位才搬到這裡來。」

半波點頭示意明白，「所以完全沒見過洗衣店的老闆對吧，她應該也是跟你差不多年紀的一位女士。」

「抱歉呢，我沒見過那人，是地產的經紀告訴我這裡之前是開洗衣店的，但我來看舖位時這裡已經是間空店。」

「老闆娘。」半波眼神銳利的看她，「你能告訴我那家地產的地址嗎？」

富峰地產是檀山市一家小型的地產公司，是由一家三口專門經營附近店舖和樓宇租借買賣事宜的店。同樣跟麵館一樣坐落在市內商店街中山道裡，半波想打鐵趁熱，趁入黑人家關門前趕緊去一趟。他從麵店走過去很簡單就找到了那黃底紅字的招牌，一看就知是老一輩人喜歡用的顏色。

「先生，要看店還是房子？」一個大約只有二十來歲的年輕人上前搭話。

「呀不，我只是想詢問一些事情。」半波拿出了名片。

「偵探社？」那男生很吃驚。

「對的，其實我在尋找一個人，是特意找到你們這店上來的。」

那男人雖然收起了親切的笑容，但感覺上沒有太大反感，他說：「你想找什麼人？」

「大概一年前，在火車站旁的中山道有間洗衣店的，你有印象嗎？」

「洗衣店？」那男生擺出了思考的表情。

「對，就是現在變了麵館的，中山道一一四號。」

「這個我不太清楚，可能要問我父親，你稍等。」那男生沒有打發他走，反而走到店內找另一位男人，戴著眼鏡且滿頭白髮的他，應該就是男生口中的父親。

可他似乎沒閒情理會在外站著的半波，只是埋頭在店裡找尋著什麼。

「父親，外邊有位半波先生想問你些事情。」老先生的兒子說。

「叫他等一下，我現在十萬火急了！」

「怎麼回事？」

「我的手錶！我的手錶不見了！」

「手錶？老媽給你的那支？」

「對！我還記得之前放了在桌面上，現在不見了！」

「怎麼會呢，是不是你放在哪裡忘記了。」

「不可能！你知道我這錶不離身，要不是剛才弄髒了手，我才不會把它脫下來放在桌面上。」老先生一臉惆悵，心急如焚。

半波一貫好管閒事，加上老先生找不著手錶也沒心情回答自己問題，所以便自告奮勇，走進店裡跟他說：「如果不介意，我也幫忙找吧。」

「你是誰？」老先生看著半波問。

「他就是想找你問些事情的客人。」那年輕人說，然後遞上了半波的名片，「是偵探社的。」

「偵探社？」老先生感到莫名其妙。

「是的，所以或許能幫上忙。」半波觀察起店面，是一間面積僅一百多平方呎的小店，玻璃的外牆貼滿了附近出租或出售的各種單位，店裡除了兩張工作桌和電腦以外就沒其他多餘雜物了，而且一塵不染，看來他們很注重清潔。

「那支手錶你最後放在桌上是什麼時候？」半波問，但眼睛不安定的四處掃視。

「就下午吃過飯後，我的手因為弄髒了，把手錶給脫下來放桌上，然後去了洗手。」

「回來後沒把它戴上？」

「我忘了！應該是有客人剛好來，我去應酬時忘記戴上去了。到我想起來時已經是剛才那刻鐘，但桌上的手錶不見了。」

半波這才見到桌子放著地產公司的卡片，見到那老先生姓唐。他跟那年輕人說：「那這位小唐先生有見過你爸爸的手錶嗎？」

「沒有，我沒怎麼留意。」

「那下午來了什麼客人？多嗎？」

「不多呀，就老爸說的那兩位夫妻，是來找附近的房子，老爸應付了過後就走了。」

「所以說，客人拿走的機會是有還是沒有？」

「老爸的桌子在店的最裡面，我們又一直在店裡，要是他們拿走肯定會被我們發現呀。」小唐先生說。

半波摸了摸下頷，忽然開口問道：「除了客人，今天還有修空調的師傅來過麼？」

「咦？」兩位唐先生不禁愕然，同時看去店內盡頭的空調。
「對！確實有修空調的人來過，我都忘了。偵探先生你怎麼知道的？」
「地上有石灰牆上掉下來的油漆碎片，集中的掉落在空調底下的地板上。但其他地方皆一塵不染，所以這些碎片應該是今天修空調的時候掉下來的。」
「原來如此，偵探先生很眼尖。」老唐先生說，「但這跟我手錶不見有關係嗎？」
「你們不是之前沒有人走近老先生你位於店盡頭的桌子嗎，所以排除了有人順手牽羊的可能，但如果修理工人能走進來並在桌子旁修空調，會不會是他拿走了的呢？」
老先生搖搖頭說：「那支錶是我老婆送的，對我來說紀念價值很高，但對其他人來說根本不值個錢，誰會偷這種破錶呀？」
「也許他不是偷，而是借。」半波說，然後找了張椅子，爬上了空調旁。果不其然他從空調旁的窗台處，拾得了一支手錶。他遞了給老先生，後者高興的接過去說：「啊！是我的手錶！為何會在窗台上？」
「該是被修理的師傅借了用，然後忘了把它放回原位。你們這空調有個含時鐘的主控板，大概是因為修理關係斷了電，安裝回去時要調整時間，才借了老先生你的錶看，只是隨手遺在窗台上忘了放回桌子，害你虛驚一場。」半波從椅子上下來，用紙巾抹了抹自己踏過的痕跡。

「太多謝你，我都沒想到會有這可能。想不到偵探不止尋人還能尋物，先生你真的厲害。」老先生讚賞著半波。

「不客氣，舉手之勞。」

「半波先生你本來是想問我什麼來著？」

他見任務完成，趕緊回到正題，「是這樣的，我是在查三年前在中山道的一間洗衣店。」

「洗衣店？那家店已經變了麵館了呀。」

「對，我知道呢，老先生，我就是想問你那家洗衣店的老闆娘，你認識她嗎？」

老先生聽罷一皺眉，神情嚴肅起來，他問：「你找她有什麼事？偵探為何要找她？」

半波看出他是認識趙萍，「她跟我的委託人是舊識，也是她主動去信讓我們前來的，但她卻搬走了。」

老先生慢慢地點頭說：「你問對人了，我跟她算是老相識。」

「那就太好了，我就是在找她下落，你知道她搬到哪裡了嗎？」

「她沒搬。」

「誒？沒搬？」

「嗯，她沒搬走，她是三年前自殺死了。」

我不喜歡我的父親，因為我從沒覺得他愛我。

在我升上高中那年，他就如煙一樣消失了，母親甚至連找也沒去找，任由他從我們生活中徹底拔走。好幾次我問及父親的去向，她都不願回答，也不曉得是她不願講還是連她也不知道，唯一告訴我的話就只有「你有母親就可以了」。

但她的話一點也沒錯，從我成長至今，我父親也活得像個透明人；從沒見過他跟母親曬過恩愛，也沒對我盡過任何父親的責任。現在想起來，我甚至不懂他是做什麼工作的，只知道他喜歡就在家，不喜歡就幾天不見人影。

父親的存在感在我稍微懂事一點就已沒再在意，甚至還對他有時候會待在家裡感到不習慣。我也沒有在說笑，好幾次他離家出門時我就會暗地詛咒他下次不要回來，所以他忽然無聲無息地溜走了，我只覺得是神明聽了我的禱告。

我不憎恨他，就像不會無故憎恨一個陌生人，我唯一在意的是母親究竟是怎麼想的。我並不是那種有著戀母情結的人，但有時看著母親時會沉思，她沒有醜到沒男人喜歡吧？雖然現在那不修邊幅的形象很難讓人聯想到年輕時的模樣，但我覺得只要保養起來、好好裝扮一番母親絕對有吸引力的。

可她卻找了一個無論樣貌、身材、個性都完全配不上她的男人，那應該是被他的行為所打動才能走在一起吧？但事實卻相反，我並沒見過那男人對母親有過任何好的行為。母親是怎麼喜歡上這種男人的？這是我畢生最大的謎團，但我從來都問不出口。

更滑稽的，是母親對這男人不單絲毫沒露出留戀的表現，既不哀傷也沒動搖，甚至從來沒在我面前主動提起過他的任何事，更令我覺得這男人只是個寄居者或是同屋主，跟我們一點關係都沒有的陌生人。

但我和母親相依為命的生活並沒有使我們關係走得很近，雖然明白母親為了養活我都把時間專注在工作上，但在我最需要人陪伴的成長路上她能擠出的時間實在太少。於是，我變得比較沉默寡言，就算想說話也無人會聽。我讀上了高中後，母親待在家的時間倒變多了，可跟她對話的次數卻是愈發見少。我習慣只窩在房間裡不問世事，而她就算工作結束回到家裡，也是在客廳裡繼續做兼職替人修補衣服。

還沒手機的日子，我們恆常通過便條紙來互通消息，我家裡就有一堵自己的「連儂牆」，可內容來來去去也是提醒我喝湯或者留下錢讓我自己買外賣。

我想母親她也有嘗試跟我溝通的，只是她也不是一個有耐性的人，每次當話說出口但我卻不給予反應時，她就會斷定我沒在聽然後放棄。這種不願煩人又不黏人的個性很好的遺傳了我，所以明明住在同一所房子卻存在隔閡。

但她很愛我，而我也愛她。雖然發現得晚，但我確實很愛我的母親。

今天我非常想念母親，很想見見她，所以工作過後就去了那裡一趟。

自從我那沒腳會飛的父親拋下我們一走了之後，我和母親兩人生活到我高中最後一年，之後因為一些原因我選擇了獨自過活。算起來，我也有三年沒有回去那個家了，我甚至沒再跟母親交談過，信件、電話通通都沒有，但我知道她一直都在那裡，她一直都在老家等我。

從前我上學從老家走過去才五分鐘路程，可今晚我卻失去了方向感，摸黑前進時居然認不到路。也許是時間讓我產生錯覺，也可能只因路上沒有任何我認得出來的建築，這裡跟我印象中的老家變化太大了。我走著好像轉錯了彎，拐入了一個寂靜無人的小巷中。老式的房子鱗次櫛比的建在兩旁，日光照不到，連街燈也欠奉。在我意識到自己走錯路時，已經被籠罩在霧氣濛濛的黑暗裡。

筆直的巷道盡頭站著個男人，而那男人即時注意到我，一動不動的站著看我。他好像知道我是誰，反應甚大的呼喊道：「喂！不是這裡啊！你不用走過來。」

我有點愕然，踉蹌的退後了兩步。那人呼喊的聲音很大，我在想著要不要回應他時，那人接著吐出了一句：「這不是你能來的地方。」

我意識到自己得馬上離開，在那穿得像技工的人有進一步行動前，我慌忙回頭，躡手躡腳的沿著進來的地方走出去，一直頭也不回的跑到外邊的馬路才舒了口氣。

「差點闖禍了。」我想，但不理解那人為何要這麼兇，看到那邊在裝潢的樣子，似乎是在這裡工作的裝修工人，那邊是要建怎樣的建築呢？還是懷舊風格的？我看了一下手錶，心裡盡是好奇。

我老家的建築就在大車道最裡面的巷道裡，一所三層高建築物的地下。雖然時間不算晚，但街上沒幾個活人。昏黃的燈光溫暖地從窗戶透了出來，我趕緊走向門前。我沒有鑰匙，但幸好在家門前聽到了熟識的聲響，母親就在家裡。

縫紉機喀嚓喀嚓的聲音竄進耳中，我聽慣了這種聲音，馬上憶起了母親背對著自己坐在圓椅上埋頭苦幹的模樣。

我提起手輕輕的扭開了消毒過的門把。門沒鎖，我悄聲推門的同時，母親驚訝的聲音也隨之而來，「啊？賀倫，你回來了？」

她從客廳跑了出來，見到站在玄關的我，樣子既驚且喜。

「吃過了嗎？」

我搖搖頭，看見她跟回憶中的母親沒有二樣，心裡一陣感動。她就站在我眼前，跟以前一樣的衣服、一樣的髮型，一樣的聲調卻說著我很久沒聽過的話。

我知我還不習慣，但也得給予即時的反應，我脫掉鞋說：「吃過了。」她穿著寬身帶波點圖案的襯衣和工作褲，腳上套上一雙膠鞋；就算在家她也喜歡穿鞋，特別是這雙鮮藍色的膠鞋。可能因為經常要用那台縫紉機，得無間斷的使用腳踏，但那膠鞋走路時發出的聲音，讓我很是懷念。

「我煮了湯，我拿給你喝。」

「煮湯了？你知我要來嗎？」我問，她一個人也會煮湯嗎？母親在走進廚房的同時回答：「不知道，但我每天都有煮。」

「每天？」我沒想到縱然離開了這個家，她還是依舊給我留了湯，好像等待著我會回來的樣子。我心裡像壓了顆大石頭，堵得發慌。

我找了張椅子坐了下來，未幾，母親從裡面舀出了一碗熱騰騰的湯。

「多喝點，你看你的黑眼圈，你常常熬夜嗎？」她用溫柔的聲線說。不知是否太久沒見過我，她就一直的盯著我看，我以為自己不會感到彆扭，但灼熱的視線還是讓我害羞得別過了臉。相反地，我從來都沒有認真的留意過母親的樣子，但今天卻從這張臉憶起她憔悴的神態。

她的樣子顯老，皺紋亦多，大概是經常熬夜所致。以前倒不會想，但現在卻明白母親之所以把大好青春都獻給歲月，也是為了我的緣故。我們家境從不富裕，甚至能用窮困來形容。加上有這麼一個不負責任的父親，家裡的經濟大概都是母親一力承擔的。但她卻從沒在我面前埋怨過，任由那不留情的時間在她臉上奪走年華。

到今時今日我才有這覺悟，她對從前的我一定感到失望，特別在我執意要離開這個家以後，她肯定感到既傷心又寂寞。

「這什麼湯啊？」我不想表露自己的情緒，隨意問。

「是木瓜雪耳魚尾湯，很清潤的。」

我從小最討厭的水果就是木瓜，每次母親煮這個湯，我都會趁她不在家時偷偷把它倒進門外的溝裡。我記得有一次母親早回家，撞破了我的「犯案過程」，鮮有地把我狠狠的毒打了一頓，罵我浪費珍貴的食物。我當然是活該的，要是那時那顆小腦袋能明白家裡的窘況，大概會知道這碗湯裡包含著什麼樣的成本和感情吧。

我拿起碗，二話不說骨碌骨碌地就把湯灌進口裡去。

「小心燙嘴呀，喝這麼快很趕時間嗎？」

「不趕，只是今天才覺得你的湯很美味。」

「真的？要是你每天都能乖乖地把湯都喝清光，我就老懷安慰了。」她對我笑，縱然笑得刻意，但心裡依然能感受到窩心的感覺。

「還要嗎？」

我搖搖頭，「有點飽了。」

她把碗收拾好，並給我切了雪梨，她問我：「工作過後才回來的嗎？」

「嗯。」

「現在做什麼工作呢？」

「做技工，偶爾送送餐。」我答。

「送餐？打電話叫外帶那些嗎？」

「用APP點餐的。」

「APP是什麼？」

「手機的應用，現在連電話都不會打了，在應用程式點幾點就直接下單了。」

「真複雜。」她沒耐性的搖頭，「那工作辛苦吧？多久才休假呀？」

「一星期至少有一天，但是哪一天說不準。」

「你自己一個在外邊，好不好？」

「好。」

「有沒有記得準時吃飯？」

「有。」

「住的地方有好好清潔嗎？如果不打掃房子髒起來很容易生病的。」

「妳看我，很強壯，沒那麼容易生病。」我說，我一直都有鍛鍊自己。

「別天天只顧坐在電腦前，每半小時就要休息一會。」

「我早已不是那個每天對著電腦的呆子了。」

「你多久沒洗澡了？太邋遢沒女孩喜歡的。」

「我天天都洗澡。」

「別太晚睡了，心肝脾肺腎都需要休息的。」

母親連珠炮發的叨唸，我忍不住叫停她：「你怎麼變得這麼多話？」

「我不該多話嗎？如果三年以來都沒法跟你說過一句話，我一口氣說出這三年份也不過分吧？」母親揶揄我。

「不，一點也不，你儘管跟我說，我也很想聽你說。」我答。

她從前真的沒幾句話，可能我根本不想留意她說的。我倒沒覺得她囉嗦，反而自責為何以前不多跟她說說話。

她又再次坐在縫紉機前，「今天留在這裡睡吧，你的房間我一直都有收拾，直接可以睡。」

「哦，那我今晚留在這裡。」

縫紉機又再響起，那人手裡嫻熟地把布料從下而上地推進機頭下縫起來。我側著頭看著她的背影，勾起了好多從前的畫面，我不禁問道：「你在做些什麼？」

「兼差呀。」

「為何還要兼差？」

她沒回頭：「不兼差你養我嗎？」

我確是很想養她，但卻沒有能耐。我說：「我長大了，工作了，你不用再那麼辛苦了。」

「這有什麼辛苦的。」

「錢不夠我可以給你些零用的。」

「你自己一個人生活，省著點用吧，我兼差也不完全因為錢。」她說。

「那是為什麼呢？」

「晚上不找點事情做很悶呀，電視節目也不好看，我又不懂上網什麼的。」她說，我看到了她手機還是在用只內置彈珠台遊戲的那種型號。

母親覺得很悶，每天都一個人在這個家裡生活，一個人吃飯、一個人打工，做什麼都一個人。

我很明白，這根本就是我的獨白。

「他……那個男人，其實回來過了。」我說，在我搬離老家後，我意外碰見我老爸，然後莫名其妙地相認了，但我當時沒有把這事告訴母親。

「那個男人？誰？」她問，她明知故問。

「也是，你不用記得他的。」我只是腆著臉說。

母親轉頭看著我，「那你最近有什麼困難嗎？」

「困難？什麼困難？」

「不是有困難才回來找我嗎？」

「……不是，我是想你才來找你的。」

「工作上也好，生活上也好，有什麼想不通的地方，就來跟媽媽說的。」

我默言。

「媽媽雖然不在你身邊，但你知道我一直都會在你背後支持你的，你知道吧？」

知道，我當然知道。

我鼻頭一酸，一股熱流從身體裡湧現。我真的感受到她時刻就在我身邊，也因如此，我才對她有著這麼重的思念，驅使我今天必須來這裡，好好的看看她，不然我想我會難過得死掉。

「媽媽……你也過得好嗎？你在這地方過得好嗎？」

「好，有什麼不好的，不用想那麼多，又不用照顧你，多好。」

「真的嗎？」

「真的。」

我苦笑，心裡卻想，是這樣也就好了，想起來，母親她從來都沒有為自己打算過，她一直都在容許自己活得艱難痛苦。

我的眼淚像逃生般爭相從眼眶中逃出，突然抽搐地哭泣起來。由最初的無聲飲泣，到控制不了情緒地放聲大哭，心裡的感情像決堤般飛撲出來，一發不可收拾。

這真的意想不到，母親也愣住了兩秒。

「怎麼了？傻孩子，怎麼哭了？」

「媽……對不起……媽咪……」

母親顯然沒想到我這兒子會嚎啕大哭，馬上放下手上的工作衝到我面前。她起初是有點不知所措，但也許見抱頭痛哭的我動了惻隱之心，便嘗試給我最好的安慰。

她伸出手環抱著我，並輕輕地拍著我的背。我多久沒有被母親碰過呢？而她卻自然地主動觸碰我。我感到心痛，且感受到耳鳴，但母親和暖的手並沒停下來，並在我耳邊緩緩地說：「不要緊的，不要緊。」

空氣靜默了十分鐘，也許是我哭得無力了，也許是心情平伏了，我止住了眼淚，身體發熱的待在椅子上。母親捉緊我的雙手，我從沒感受過如此的溫暖。我不再顧慮什麼，安然地把腦中的不安除去。

我終於明白母親的那句話，有她就夠了，只要有母親，我就有足夠的力量去生存了。一旦沒有母親，我的生命就像少了保險絲的白熾燈，完全失去了保護性，以致在她眼裡最珍貴的我暴露在危險中，過得比任何人都狼狽不堪、充滿鬱結。

「今晚在這個家裡好好休息，什麼都不要想了。」

「我常常都睡不好。」

「為何會睡不著？」

「我一直都有做惡夢。」

「惡夢？」母親訝然，她頭一次聽說這件事，「什麼樣的夢？」
「我夢到……一個人的臉。」
「誰？」她問，她肯定是在猜那人是父親，但卻不是答案。
「一個我從前認識的人，他……他死了。」
「天啊，那你肯定很難受了對不？」
「難受？」我問自己，「對，很難受。」
母親點點頭，似是理解我的話，很留心的看著我。
「儘管他已經死了，他還是不願意放過我……我夢到他瞪著我，把我抓住，想扯我到什麼地方裡去……不，他真的在脅持著我，強行把我拖到黑暗當中。我拚命想要掙扎，但我逃不開他的掌心，我快要窒息，那感覺非常恐怖……很可怕。」
「這真的……兒子，你壓力太大了，你該好好休息一下，忘記這些事情。」
母親緊張的臉容浮現在我瞳孔中。
「忘記？我也很想忘記，但沒作用，雖然我有藥吃，但晚上我必然會做惡夢，有時會在半夜忽然醒來，完全沒原因地開始害怕……很焦慮。」
母親皺起眉頭，她下意識看去牆角，又嘆了口氣。

「醫生還有建議嗎？」

「有，讓我準時吃藥，繼續治療。」

母親點頭道：「那就對了，他能幫到你的，很快沒事的。這裡是你的家，無論你遇到什麼困難，有什麼鬱結，你就回來這裡吧，媽媽聽你說，替你煮湯，也讓你睡個好覺，知道嗎？」

「嗯……我知道了。」我抹乾了眼淚，從椅子起來。

「去睡吧？嗯？睡覺好的，就能有精神了。」

我回到自己的房間裡去。

哭了出來感覺舒服得多。我強打精神對自己打氣，有些心魔必須靠自己去克服。但我知道自己並不是一個人，我背後還有如母親這樣的人支持著我，我會好起來的，我得樂觀起來。

這晚，我安然地睡在自己的床上，那久違了安心的感覺，把我帶進了多年來沒曾有過平和的夢鄉。母親一直都是讓我支撐下去的動力來源，沒有她的我，就像斷了翅膀的蛾，連去撲火的能力也不復在。

「自殺？」半波一時反應不過來，他緊張的問：「誰？哪個老闆娘？」

「你不是問那洗衣店？」

「名字呢？是姓趙的嗎？」

「對，叫趙萍。」

「這樣啊……」半波像被潑了一盤冷水，沒想到才要開始找，卻發現這讓人絕望的消息。

「你說她自殺死了，為什麼？」

「你問為什麼自殺？我也不知道。當初聽到她的噩耗我也是一臉懵。」老先生回想起來，臉上也一片陰霾，「多麼好的人呀，肯定是生活上遇上什麼困難吧。」

「你說你是她的舊相識，所以你認識她的兒子嗎？」半波問道。

「哦對，她確實有個兒子，也很大了，那時好像已經唸高中了。」

「那他現在人在哪裡呢？你知道他兒子在哪裡嗎？」

老先生搖搖頭，說：「我也不知道，趙萍還沒過世時她兒子就突然不知所蹤，這幾年我都好像沒再見過他了，他甚至連母親的葬禮都沒有來。」

半波又再感到失望，這事果然沒那麼簡單。趙萍死了，趙名韋也失了蹤，那調查就進入膠著狀態了。

「能不能請教你多一點事情呢？不會阻礙你吧？」半波禮貌的問，可能因為剛才幫過忙，老先生一點也不嫌棄，友善的答：「沒問題，你想問什麼儘管問吧。」

「你看看這照片。」半波把從王展處拿的趙萍照片，給了老先生看。

「這是誰？」

「趙萍啊。」半波訝然，「雖然是二十年前的照片了，但我想輪廓什麼應該沒怎麼改變。」

「這是年輕時的趙萍嗎？」老先生一皺眉，「沒想到呀。」

「不像嗎？」

「不說沒能聯想到，不過認真點看，那氣質上確是有相似之處，五官也貼近……不過還是很難想像是同一個人。」

「不會是整過容吧？」

「不，沒整容，是我認識的趙萍有點老態，沒有照片中亮麗，你是從哪裡得來的照片？」

「趙萍的友人。」半波爽快地回答。

「沒想到她年輕時長這樣，我認識她時，頭髮是短的，也沒化妝。」

「她是一直都住在檀山市經營洗衣店嗎？你認識她有多久了？」

「其實認識她也是因為洗衣店老闆的關係，大概認識了兩三年吧。趙萍是個很勤力的人，所以她老闆才那麼放心把店交給她一個人打理。」

「慢著，趙萍她不是老闆嗎？」半波訝異地問。

「她不是老闆啊，她只是在店裡打工的。」

「啊！」半波驚呼，他一直以為是趙萍開的店，因為王展信件上的地址就是洗衣店。這麼說來趙萍她的住處會是哪裡？這也許是能找尋趙名韋下落的重大線索。

「唐先生，那你知道趙萍原來的住處嗎？」

「她的住處啊……」老先生沉思片刻，然後搖頭說：「這真不知道，從以前我跟她就只在洗衣店見面，因為我們是她店的常客，但沒曾問過她住哪裡，也不真的熟得會跑上她家裡的關係。」

半波木然的點頭，但他並未絕望，「那老先生你說那位洗衣店的老闆，他現在在哪裡？能聯絡上嗎？」

「這倒是可以的，我有他的聯絡方法，你稍等下。」唐老先生走回店裡，從自己位子的抽屜中拿出了一本電話簿，半波很久沒見過有人會用實體的簿子來記電話了，雖然他自己也有這一習慣，就是把重要的東西都用筆寫在簿上，但看到別人也保持這種習慣感到親切。

頃刻，老先生拿著小字條回來，「這個是他的聯絡，他叫陳永。」

「謝謝。」半波答謝。

離開了房產公司，天色已差不多昏暗，半波打消了一鼓作氣的念頭。既然趙萍已不在人世，這次的尋人案鐵定是個持久戰。他拿著不多的行囊及從列車上那女推銷員購來的住宿套票，往旅館的方向走去。

起初半波以為自己會入住類似酒店之類的賓館，但沿著地址來到門外時，才發現這是一所像民宿的旅館。但他並沒有覺得被騙，反而覺得這樣更舒適自然。

穿過建築物的前院，半波踏進了內堂，被一塊寫著「山岸旅館」牌匾吸引了注意。檀山是有名的旅遊名勝，一年四季都有不同景致，很多愛好爬山的人都會來這裡登高，這讓他對這旅館有不錯的第一印象。

「客人，住宿嗎？」一位穿著白色襯衣，胸口上寫著山岸的女人從房子出來，見到半波露出了親切的笑容，半波喜歡她的表情。

「對，我有買套票。」他把那張票給了職員，便被迎了進去。

「客人來這裡旅遊嗎？」那女人在櫃檯替半波登記入住，隨意地問。

「啊，也不算是，我是來尋人的。」半波倒不忌諱地說。

「尋人？是認識的朋友嗎？」

「談不上，我是受人委託來找一個男生的。」說起來這也是半波的習慣，只要有委託在身，他總不會放過任何取得線索的機會。

「來，給你。」女職員把鑰匙交給了半波，「你的房間在二樓的二號室。」

「謝謝。」

「因為是套票，所以我們包了晚飯和早餐，客人你想下來我們的飯堂吃還是送到你房間去？」

「我想想看，不如現在直接吃就好了。」半波見飯堂沒有一個人，自己也餓了一天，索性直接吃完才上房休息。

「好的，那請跟我來。」女職員笑容可掬的說。

走往旅館大堂的另一端，半波穿過一條長走廊，兩旁種滿了銀杏樹，在深秋的日子，地上撒滿了落葉，把院子染成滿有詩意的金黃色。半波本想拿出用來拍攝證物的照相機來把美景拍下，但見女職員沒回頭的一直帶路，只好留待明天再拍。

走廊另一端就是旅館的飯堂，面向著能看到檀山山峰的後院，半波找了個座位坐了下來。

女職員替半波倒了杯熱茶，「客人現在就要上菜了嗎？因為套票的關係，已經指定了晚餐的內容了。」

「行的，什麼都行。」半波餓得不想揀擇。

「好的，稍等，我替你安排。」

半波嘗了口熱茶，是柚子的味道，這該是檀山名產之一的柚子茶葉。他從背包掏出了筆記本，整理著目前有的線索。

王展的舊情人趙萍在信件上寫著的地址，原來是她在檀山市打工的洗衣店，可是兩年多前已經轉手成了一間麵館。而趙萍也正好是三年前自殺身亡，兒子趙名韋甚至在那之前就失了蹤。

這樣看來要靠趙萍來找她兒子是不可能的，缺少了這重要的聯絡人，要找到趙名韋只能靠可能認識他的人脈著手。從房產公司的唐老先生取得的洗衣店老闆聯絡應該能派上用場，至少他可能會有趙萍生前跟趙名韋的居住住址。紙條上的地方用手機搜了一下，似乎也是位於檀山市內，應該不難找到，今天吃飽休息一晚，以便明天一早就起行。

他把目光注視著後院，一不留神日光已躲在山後，外邊已變得相當昏暗，有個念頭卻在他腦裡衍生。

趙萍究竟為何會自殺死去？她死前的一年把信件寄到王展手裡，是希望把兒子託付給他的親生父親，是不是意味著那時的她已萌起輕生的念頭？既然如此，她為何只留下洗衣店的地址而非她與兒子的居住地？

思及至此，一陣香味已撲鼻而來，回過神時，桌上已端來了熱騰騰的食物。

「這是我們旅店出名的料理『山岸料理』，前菜是煮熟的鱸魚經調味後再冷凍，主菜是手打的柚味烏冬麵配以檀山的特產牛肉，甜品還有柚子果凍，請慢慢享用。」

「真豐富，而且賣相也很吸引！」半波被香味挑起了食慾，就不客氣的開動。

「請問怎麼稱呼你？」半波問。

「你叫我麗娜就可以了。」她說。

「麗娜小姐，這旅館發生了什麼事嗎？」半波邊吃邊問。

「誒？怎麼了？」

半波瞟了一眼四周，「旅店似乎只有我一位客人。」

「啊……」女職員沒料到從外地來的客人會問，一時不懂反應。

「事實上我們旅館剛重開不久。」女職員說。

「這裡不像剛裝潢完的樣子啊？」他說，旅館看起來是一所老建築，也因如此，保存著很好的古舊風味。

「嗯……不是裝潢。」麗娜知道這回事騙不了人，客人其實搜一下也會知道，索性坦白道：「這裡之前死了人。」

「哦。」半波淡淡道，然後把烏冬麵吸進口裡。

「你不驚訝嗎？」麗娜見半波一臉淡然，反而好奇起來，「旅館之所以沒其他客人，也是因為大家都被之前的事件影響了。」

「我其實進來時也猜到一二了。」半波放下了碗筷，「進來時我經過前院，看到牌匾的木紋和建築的木料不一樣，感覺簇新，在想是什麼原因要換招牌。」

「是的……旅館之前其實叫『山之居』，我是剛把它改名叫『山岸旅館』。」

「這名字更好一點。」半波稱讚。

「那為何因為招牌知道死了人？」

「哦，跟招牌無關，是我走進了內堂後，見你點了檀香。」

「啊？那味道太濃了吧？」

「不算濃，只是鼻子比較靈。」半波摸了摸鼻，「而且我還嗅出了藿香。藿香除了能寧神靜氣，它也有避邪的作用，雖然我並不迷信，但有聽說這種中藥的香味有助去掉不正之氣。我想大概這裡發生過什麼事，才讓你想要驅走那些不好的邪氣吧。」

「客人你真不簡單。」麗娜說：「我們旅館之前發生了一起殺人案，雖然兇手已經落網了，但所有人都被這事件嚇怕了，其實我自己也怕……」

「看出來了。」半波注視到麗娜的手上戴著佛珠。

「那天起我們店被迫關門兩週，就為讓警方調查，重開後已沒有客人願意來了，大家都嫌棄這旅店死過人。」

「死狀很恐怖麼？」

「嗯……我是不願記起那畫面啦，只是血都被濺到房間的牆壁上，我們已把那房間完全封死了，暫時做了雜物房，但旅客才不管這些呢。檀山旅店很多，少了我們一家也沒差……」

「所以只好換名字換招牌，甚至讓員工到火車上兜售套票。」半波說，但他絲毫沒有反感。

「對不起客人，給你不好的觀感了，如果你要換地方落腳的話，我認識附近相似的旅館可以……」

「不需要呀，我在這裡很開心。你們旅館很棒，食物也很好吃，最重要是……」半波喝了口茶，「我一點都不在乎屍體，我曾跟屍體同眠過呢。」

「誒？」麗娜反倒被嚇了一跳。

「是我的老婆，她就死在我旁邊，因為一時接受不了，我就跟她的屍體睡了三天。」

「這……抱歉。」

「沒事沒事，已經是十年前的事情了。」

「原來如此，人真的很脆弱，我丈夫也幾年前因病去世了。」

半波點點頭，為了不想氣氛尷尬，他把話題一轉，說：「不過麗娜小姐，雖然我覺得把旅館改名了能隱藏起這裡發生過命案的事實，至少在搜店的名字時不會跑出殺人案的新聞。

但這最多只能騙過像我這種沒來過檀山的觀光客，那些來過的人就算改了名字也知道這裡死人的事情。」

「嗯……確實，也是為何我們旅館現在還是那麼冷清。」

「我倒有個建議，雖然不能擔保旅館能客似雲湧，但應該能把客人討回來。」

「居然能有方法？請你務必告訴我。」

「把你封了的那間房間騰空出來，改為免費招待的房間。」

「免費?!」

「對。其實人的心理很簡單，比起害怕兇宅，其實價錢更能影響人的決定。像我這種人，其實我完全不會在意這裡是否死過人，但我卻很在乎住宿這裡要花多少錢。如果不是特別便宜，又不是沒有選擇，放棄這裡是必然的。」

「但如果你乾脆把那家房間以免費方式租出去，自然會有很多貪便宜的人進來住，只要那房間有人住，其他客人就不會在意這裡是否死過人了。比起用藿香去辟味，我比較推崇用人氣來蓋過邪氣。」

「另外也不妨跟套票一樣包晚餐的，這少許的投資當是賣廣告也不錯，可能比你派人去兜售套票還要有效。」

「感覺好像有點道理呢，我怎麼就沒想到。」麗娜一拍手，被半波的話提醒了。

「半波先生你是做什麼工作的？」麗娜好奇地問，「你觀察力那麼強，而且你剛才說來這裡尋人，難不成你是偵探？」

「哇！答對了，怎麼不猜我是警察？」

「氣場不一樣，才沒有像你這種這麼淡然的警察呢。」

「哈哈，這是個很好的讚美。」

「那你是尋什麼人？也許我認識也說不準。」

「我也正想問你來著，我在找一位叫趙名韋的年輕人，現在大概二十歲左右。中山道那邊有間麵館你知道嗎？三年前還是間洗衣店。」
「趙名韋……沒聽過，有照片嗎？」
「沒有呢。」半波無奈地道：「這也是最為困難的部分，我手上除了他母親二十年前的照片，就沒有其他線索了。」半波把照片給麗娜看。
「認不出來，不過你說的洗衣店好像有點印象，但我沒光顧過，因為旅館有自己的洗衣房。」麗娜說。
「嗯，我在找那位男孩，本來是想從他母親方向著手的，但我才剛知道他母親去世了。」
「這樣啊，那不就斷了線索嗎？」
「是呢，不過也不完全沒辦法，我探知到洗衣店老闆的地址，也許能從他那邊找到些什麼。」
「抱歉我幫不上忙，只能希望你能找到了。」
「不會，跟你說了說，我也很好地整理思路了。」半波如此回答。
吃過飯，半波到二樓的房間休息，也正因旅館沒其他客人，麗娜給了半波最好的房間，讓本來只買了最便宜套票的他撿了個便宜。他很好的休息了一晚，第

# 喪鐘爲你而鳴

## 第7屆【金車・島田莊司推理小說獎】決選入圍作品

王元 ── 著

暢銷作家周云生一覺醒來，卻發現自己置身陌生的小島。眼前的人他一個也不認識，他們都是前來參加瑪那老師的「數位排毒」課程，彼此禁止交談，也必須斷絕和外界的所有聯繫。沒想到課程才剛開始，就有女學員離奇身亡，連她的兒子隨後也死在上鎖的房間裡。而巧合的是，在他們喪命前，瑪那老師都敲響了報時的鑼聲。當鑼聲再度響起，這一次，它又將帶走誰的性命？

---

「那個男人」投敵的眞相究竟爲何？
被妖魔同化的他，又是否將會改寫昌浩的命運？

# 少年陰陽師 ㊹沉滯之殿

結城光流 ── 著

昌浩雖然重獲靈視能力，卻發現龍脈化身的金龍終於發狂了！不顧神將們的攔阻，昌浩前往夢殿的盡頭，竟與黃泉醜女狹路相逢！兩人對峙之間，昌浩的右肩卻傳來劇痛，被埋入身體的竹籠眼之術，讓他瞬間感知了「那個男人」投敵的真正目的。與此同時，海津見宮的地御柱遭邪念纏繞，玉依公主性命垂危。強烈的預感正在警告昌浩，那個紅色嚴靈將帶來毀天滅地的死亡……

二天七時整就起了床。半波梳洗後下到旅館大堂去時，麗娜已在櫃檯處工作。

「麗娜小姐，你都不休息的嗎？」

「早安半波先生，我有休息呀，我睡在一樓，你要吃早飯嗎？」

「你們還包早飯啊？」

「你的是套票，包了早餐和晚餐的。」

「真不好意思，又讓你免費升級我的房間，卻買的是最便宜的套票。」

「別這麼說，你可是我們重開後第一位客人，而且昨晚還給了我很好的建議呢。我昨晚都睡不著，漏夜準備了今天刊登出去的廣告，要把那間房間免費租出去。」

「是這樣就太好了。我不吃早飯了，我打算把握時間，希望早點找到我要找的人。」

「啊，我給你預備了些資料。」麗娜從櫃裡拿出了一張地圖，「這是檀山的地圖，我把你要找的地址圈下來了，從旅館過去大概二十分鐘車程。」

「車程？不能走過去嗎？」

「你要走的？但是……」麗娜看了眼半波，「可能會有點吃力，走過去說不準要超過一小時呢。」

「沒關係，我早爬起來就是想順道走走。」半波接過了地圖，「有這地圖就夠了，我跟著走就能找到路了，謝謝你麗娜小姐。」

「不客氣，今天你還會回來嗎？需要為你留房間不？」

「我猜也沒那麼快能找到人……」半波獨自在碎碎唸，然後笑著說：「那就麻煩你了。」

檀山市是位於海拔一千公尺的高原，是檀山旁邊的市區，從以前就有不少登山旅人在這裡留宿休息再出發。檀山市自從開通了鐵路後，更進一步變成休閒和度假於一身的旅遊勝地，每年吸引過百萬的旅客前來。除了檀山外，附近還有不少吸引人的景觀如百里竹林、瀑布及人造溫泉等。

從旅館出發，經中山道，一直往北走，沿途會經過寺廟、教會和美術館，再走上去，就會來到山腳旁的檀山莊，半波要找的那位老闆就是住在那地方裡。由於秋高氣爽，半波一路欣賞風景，一路感受著涼風，愜意無比，不知不覺就走了一個多小時，在到達山莊範圍時間才剛好九點。

檀山莊是個中型社區，自成一國，從地圖形勢來看就像個水滴，四周被檀山的竹林包圍。山莊內就已經有郵局、療養院、學校和酒店，而且旁邊就是名勝龍角溫泉，完全是度假入住的首選。但半波查過酒店價錢不菲，要不是想省旅費，他也很想在這種地方享受一晚。

洗衣店的老闆陳先生所住的地方就在山莊裡檀山女子學校的旁邊。因為平日需要上學的關係，半波在路上遇到很多穿著校服的女學生，全都對他投以好奇的目光。他被這青春氣息所籠罩住，不知不覺就走到了那家的門外。

正想走進去時，那所房子裡的門忽然被打開，一位女士急促的走了出來，她關上門，在房子外整理了一下儀容就離開了，在屋前她與半波打了個照面，並露出狐疑的目光。

半波猜想她可能是陳永的家人，禮貌的說：「你好，我想找陳永先生，請問他在家嗎？」

起初以為那女人會問他是誰，誰知她毫不在乎，就這樣掠過半波就趕著離開。半波感到好奇，但也只好走到那家門前按下門鈴。不久，屋裡走來一位睡眼惺忪的男人，想必就是陳永。

「你是誰？」

「我叫半波，是房地產店唐先生給的聯絡，我想找陳先生詢問關於他以前開的洗衣店的事情。」

「洗衣店？」那男人皺起眉頭，不明所以，便問：「我就是陳永。那間店我三年前已經關了，你還想問什麼事？」

「是這樣的，其實我想問你關於一個人的事，她之前是在你那家洗衣店工作過。」半波說話時，適時給上了自己的名片。

「偵探？」

「對呢，多多指教。」

「之前好像有個偵探來問過事情。」

「啊，是嗎？」半波猜想可能就是王展之前派來的其他人，可是忽然一陣極大的違和感從身體裡躍動著。

「你先進來吧。」

「你說的人是趙萍吧？」

「對，就是她。」

「你要找她做什麼？你不知道她已經……」

「我知道的，她三年前去世了，可是我受了人的委託，希望找到她的兒子。」

半波也不囉嗦，直接說出來由。

如果之前已經有偵探來找到陳永，並問及關於趙萍的事情，王展沒可能不知道她已經自殺去世的事實才對。

為何王展沒有把趙萍的事告訴自己？如果他一早知道趙萍已不在人世，甚至知道陳永的身分，李若蘭卻怎麼沒把這些資料提供給自己？

莫非王展是想考驗自己，試試他的能耐？抑或是任務的目標是找尋趙名韋，趙萍是生是死都無關痛癢？

想到這裡，半波感到不是味兒，他討厭委託人對他有所隱瞞，他不喜歡被蒙在鼓裡的感覺，而且這會浪費他很多時間。

半波心提到了嗓子眼上，但他盡量保持冷靜，先把這些想法拋諸腦後。

「我知道你是想找她的兒子，究竟是誰要找了？三年前先後派人找也找不著。」

「這我可不能說，只能說受了委託。」半波想起了保密的協定，只好藉詞掩飾。

「又不能說？究竟是什麼人物要尋人了。」陳永對委託人感到極度好奇，即是從前來的偵探也沒有透露。

「你認識趙萍的兒子嗎？他叫趙名韋是嗎？」

「沒錯，不過我也幾年沒見過他了，自從趙萍死了後，我就把店關了。」

「你的店那時只有趙萍一個員工是嗎？你有見過趙名韋不？」

「那時確是只有她一個人在我店工作，我也見過她兒子幾次，不過長啥樣我都記不起來了。」

「會有他的照片嗎？」

「怎麼可能有，趙萍的照片倒是有的。」

「啊？能不能請你給我？」半波見機不可失，便問。

「之前的人問我都沒有給呢。」陳永說，但很快就換了張臉，「不過也不是不能給你的。」

「請告訴我條件。」

陳永走近了半波，刻意靠近他耳邊說：「你是偵探對吧，那麼你該懂那種……就是男女偷情的證據。」

「你想查你夫人嗎？」

「不，不是這樣，反過來了，她最近在查我。」

「啊？被調查了？」

「嗯……長話短說，反正我怕我有把柄被她拿到手，到時肯定會要脅我離婚。離婚事少，但那臭婆娘肯定要分我一半的身家。」

半波點點頭，但不解的問：「那你想我做什麼？」

「我想你替我查查我老婆找了哪位偵探，要是知道對方身分，我可以直接去那邊收買他。」

「不，這不可能的。」半波說。

「為何？」

「別看偵探只管做這種作業，我們也會有職業操守的，不會私下透露客戶資料，更不會把得來的證據易手。」

「凡事都有一個價位吧？我付多點錢不就行了？」

「沒用的，這跟錢無關，要是傳了出去，偵探的聲譽會嚴重受損，不單影響自己，還會影響別人對偵探這專業的觀感，影響很大的。」

「……說到底就是不願幫忙對吧，那我也不想給你什麼照片。」陳永不客氣的喊話。半波無可奈何，心想他自己作的孽，為何要別人替他扛？

他踮起腳尖，向陳永說：「也不是沒有其他辦法的。」

那人放下本來盤著的手，喜上眉梢，問道：「是什麼方法？」

「你妻子找人去查你，但被你發現了，她跟你攤牌了沒有？」

「那倒沒有，我是發現了有人形跡可疑地跟蹤我，所以怕已經被她抓住了把柄……」

「那你該不用怕呀，要是她拿到了證據，肯定跟你攤牌了，現在還沒動靜代表她沒拿到實質的證明，你接下來循規蹈矩就行了吧。」

「可問題是我等不及了呀！要是她一天不跟我攤牌，我不就要一直憋著？我可等不了這麼長的時間。」

「這……」半波無言。

「那你快說你的辦法是什麼？」

「真要說？我怕說出來你反而受不了。」

「那我就更要聽了，快說。」

「很簡單，你比你老婆更早一步，找到她出軌的證據就行。」

「什麼?!」陳永喊了出來，輪到半波跟他示意要保持安靜。

「你說什麼啊？她出軌的證據？」

「是的，是你要我說的，但能救你的方法只有這樣。你老婆她應該也不遑多讓，她沒讓你獨自快活。」

「不可能！她出軌了？什麼時候？你怎麼知道的？」

「我剛才在門外按門鈴時，正好你妻子出門，我和她打了個照面。」半波說出自己的觀察，「她今天穿得很正式對吧？一身很搶眼的藍色套裝。」

「是……是啊，她說有個舊生聚會，有什麼問題？」

「衣服是新的，外套上還殘留了甲醛的味道；而且她塗了香水。」
「她也會買新裝呀，而且女人不多會塗香水嗎，這有什麼奇怪嗎？」
「可是……」半波在屋子裡嗅了嗅，「房子裡並沒有香水味。」
「她是走出了門外，才刻意在院子裡塗香水，你剛才一直在家不是嗎？她故意不讓你知道自己塗了香水，這會有什麼目的呢？」
「不會吧……可能只是正好忘記塗香水，在門外補了一下而已。」
「你意思她記得把整瓶香水帶出去，但卻忘記在屋子裡塗嗎？這怎麼想都不太自然吧。」半波說，其實他已經留了一手，沒有跟陳永說他還注意到他妻子刻意在門外解開了胸前的第一顆鈕釦。

陳永雙眼圓睜的看著半波，無法找出什麼辯護的理由，事實上他也無需辯護，他清楚了解，以自己與妻子水火不容的姿態，她紅杏出牆也絕不是什麼令人驚訝的事情，他只是自欺欺人，以為出軌的只有他一個而已。

「哈……真沒想到。我這幾天一直擔驚受怕，怕她抓到我的把柄，殊不知原來被騙的是我自己。既然如此，她又是為何要找偵探查我？」

「也許她並不是想調查你出軌，她只是想人調查你的行蹤，免得自己的事被破壞而已。」半波聳聳肩，語氣不帶一點感情。

「這事雖然有待進一步查證，但你不相信可以正式找其他私家偵探去查查的。」

「你不能幫我嗎？」

「我有委託在身呢，不過我的話不一定是絕對的。」

「不，雖然沒有真憑實據，但我自己知自己事。」

「那這事我就不收費了，取而代之，如果你能給我趙萍的照片，會幫我很大的忙。」半波都習慣了出賣自己的能力來換取情報，只是沒想到才來一天就出賣了三次。

陳永嘆了口氣，「等我一下。」

他走進房間裡翻箱倒篋，接著拿出了一份文件交予半波，「這是趙萍還在職時給我的申報表，上面有她的照片。」

半波翻開了文檔，看到了近幾年趙萍的模樣，感嘆道：「確實跟二十年前差了很多呢。」

「但也不醜，只是滄桑了些。不過她都死了三年了，事到如今，怎麼才想要找她的兒子？」

「你知道我不能說的。」

「好吧。」陳永說。
「趙萍是你的員工，你會有她家的地址嗎？」
「有是有，但她都死了，那裡要麼沒人住，要麼就是轉手給別人了吧。」
「沒關係，我也想去那裡看看。」
「好吧。」
陳永把地址也給了半波。
「我還想問你件事，你說你見過趙名韋是麼？能形容一下他嗎？」
「就一個高中生的模樣呀，沒什麼能說的特點。」
「個子怎麼樣？比你要高還是矮？」
「矮吧，雖然沒矮很多，我沒見過他好多年了，那時他好像是初中還是高一。」陳永答。半波推想陳永的身高大約一百七十五公分左右，雖然趙名韋當時是青春發育時期，但應該也不會相差得太遠。
「外貌特徵呢？胖還是瘦？臉上或身上有沒有什麼胎記或痣之類的？」
「瘦瘦的，而且人很沉默，不愛說話，跟他打招呼也不理會。但說身上有什麼癦痣之類，他又沒裸體給我看怎麼知道，況且誰會留意這種事呀。」
如果臉上有明顯的痣或疤痕，陳永應該能注意到吧，他沒說就應該沒有了。

半波跟他答謝，臨行前還問出了趙名韋的校服樣式，這能讓半波推斷到他當時在唸哪間高中。

雖然有點迂迴曲折，但感覺尋找這私生子的道路上邁出了很重要的一步。

高中時的學校地方不足，雖然有六層樓高，但地下沒空間興建操場，唯一籃球場般大小的空地就在天台上。但凡早會學生都會在天台集合，密密麻麻的站上幾百人。平日小休或放學時，本應是學生們自由活動的黃金時段，但學校天台卻鮮有穿制服的人逗留。

原因是有幾個「出名」的學生恆常在那裡駐足，而那些人當中有我最討厭的人。今天放學後，我將要踏進了那片「禁地」，把我一直在內心那鼓譟的鬱悶感全都釋放出來。

束起辮子的阿熊叼著一根沒有點燃的香菸，不耐煩地咆哮，他說：「你們今早有看到九頭高中那幫人嗎？」

「有，還向我們瞪眼來著。」早把襯衣脫掉，只穿著背心的阿軍說。

「那幫混蛋還敢撒野？上次被揍到失憶了嗎？」

「我看他們是不見棺材不流淚，我們一起去吧，看看他們還在不在，在的話給他們一點教訓。」另一個叫肥勤的男生說，他蹲在用工業廢料鋪的塑膠操場上，一臉無所事事的樣子，卻也因為沒事幹而浮躁。
「問老大吧。」阿熊向那人看去。
「你們打算怎樣？」那被叫老大的人問。
「當然是把他們揍個半死，今天被那人渣主任訓話了一整個下午，我現在氣得很，正好可以拿他們發洩。」阿熊用拳頭碰掌，一臉想上戰場的模樣。
「這樣有什麼好玩的？」
「那什麼才好玩？」肥勤問。
老大目光落在地上的螞蟻處，把手放在其中一隻旁邊，讓牠爬到手背上：「能把牠控在掌心，好好的觀賞牠、折磨牠，牠不會懂得反抗，只能被你徹底地摧殘。」
他用手指甲把螞蟻的腳一條條給折斷，然後就這樣把牠扔回地上：「你們不覺得這樣比較好打發時間嗎？」
「……不覺得。」肥勤在旁聽得心裡發毛，因為那男人邊說邊在發笑。
阿熊對著空氣揮拳，「誰都好，總之我得找個人來揍揍，把多餘的精力消耗掉。」
「你們真的像條瘋狗，一整天只想打打殺殺。」阿軍說了句人話，但他也絕不是良心發現。

「那你有什麼好主意？悶都悶死了。」

「摟住一兩個女生就有意義了。」阿軍說：「也是花掉精力的最佳方法。」

「哈哈哈，不愧是你。」阿熊笑道，「你想摟誰？你班上不是有個長得不錯的？」

「你說鄧嘉儀？我都玩膩了。」

「什麼?!」肥勤從地上彈了起來，「你什麼時候搭上她的？」

「上星期。怎麼了？羨慕嗎？要我給你玩玩？」

「當然好啊……但怎麼給我？」

「灌她一兩罐啤酒就搞定啦。」

肥勤嚥了口水：「你說真的？」

「我是真沒所謂，我轉移目標了。」

「真的還是假的？是誰？」

「還有誰，女班長吧，這臭小子饑不擇食。」阿熊揶揄他。

「何巧思？她不行吧？」

聽到女班長的名字，我全身毛孔都擴張。

「你懂個鬼，她這種高冷的才有征服的意思。」

「不行，別碰她。」老大臉色一轉，劈頭蓋臉的說，阿軍眉頭一皺，不解地問：

「為何啊？」

「她是我的。」

「什麼？原來老大你……」

「總之我不會再說第三遍，要搞就搞其他的，唯獨她你們誰都別碰！」

「那你沒戲了，老大的女人。」肥勤得意的說。

「嘖，罷了。」阿軍低聲的咕噥著。

剎那間通向樓梯的門啪噠地打開，把幾個人的目光吸引過去。身材矮小、晦氣色臉的姚子星戰戰兢兢的踱步前去，阿軍一臉沒趣的說：「嘖，怎麼是他，還以為是女人。」

「你到底有多饑渴了。」肥勤說。

「你們誰叫他上來的嗎？」阿軍喝道。

「老大叫的。」

「挺準時嘛。」盤坐著的老大站起來，跟姚子星說：「東西拿來了嗎？」

那看起來懦弱的男生沒回答，但發抖的手卻從袋子裡拿出了一串鑰匙。

「啊！真拿到手了？幹得不錯呀。」老大伸出了只有四隻手指的左手，接過了那串鑰匙。

「這是什麼？」阿軍問。

「你白痴？當然是鑰匙。」

「我當然知道是鑰匙，我是問什麼鑰匙。」

「教師室訓導書桌的鑰匙。」老大說。

「什麼?!這……這是怎麼拿到手的？」

「姚子星是誰？男班長是也，偷進教員室不是什麼困難事吧？」老大嬉笑道，然後利眼掃向姚子星：「沒你的事啦，你走吧。」

「你……你們要這鑰匙來做什麼？」

「你已乖乖地把鑰匙拿來了，其他事就不用問。」

「不行的，訓導主任馬上會發現鑰匙不見，到時一定會先問我的話，你們就算拿到鑰匙也沒有用的。」

「如果是這樣，你說弄丟了就行了吧。」

「怎麼可以！那這不就是我的錯了嗎？」

「是又怎樣？」老大眼一瞇，突然一腳把姚子星頂到門上，發出了匡噹的聲音。

踉蹌地跌在地上的姚子星連喊痛的機會也沒有，痛苦地匍匐前進，想往大門處逃去，但卻被老大猛地踩住手臂，嘶喊聲這才劃破了天台的長空。
「喂，別那麼重手啊，一會把人引上來了。」阿軍道，但老大沒有理會，把他再摺倒在地後便不斷的毆打他。
「饒……饒了我……」姚子星哭道。
「我以為是你自己欠揍呢。」
那人只好關起嘴巴，眼淚從眼眶中滑落。
「這就哭了？真不像話。」阿熊吃吃地笑。
「老大你還沒說，你要拿訓導主任的鑰匙幹什麼？」阿軍問。
「當然是看看裡面收了什麼東西。」
「訓導的抽屜有什麼東西？試卷？」
「白痴，就算拿到試卷又怎樣？你考試滿分媽媽就會說你是乖寶寶嗎？當然是比這些更有意思的東西。」
「難不成是寫真集？」阿軍說。
「是錢。」老大說。
「誒？」肥勤吃驚地叫喊：「要去偷錢嗎？」
「全校每個月交這麼多費用，包括那些搞畢業宴會的、買課本的、秋季旅行的，全都是鎖在訓導的抽屜裡，那可是藏著過萬元的現金喔。」
「我們要把錢偷出來？」一臉淡然的阿熊也因這想法皺起了眉頭。
「對，人走光了就下手。」
「可是錢不見了不怕被發現？」
「發現了又怎樣？」老大瞄了眼躺在地上的姚子星：「我們有替死鬼啊。」
「不……你們不能這麼做的！」
「可是，你怎麼曉得這傢伙不會把我們供出來？」阿軍問。
「我當然手上有很好的武器，不然尊貴的男班長又怎會當我的跑腿。」老大揚了揚手機，似是擁有能威脅男班長的東西。
「就算是這樣……就算你要把那些照片都公開，我也不能……我也不能讓你們做違法的事情！」
「蛤?!」老大惱羞成怒，又一次踩住他的右手。
我知道自己是時候需要出來阻止這一切。在千鈞一髮的瞬間，我把天台的門推開，對著那幫人大喊：「住……住手！」
包括老大在內，那四個人同一時間往我這邊看來，當發現是我，他們無一不露出了驚訝且凝重的神色。

「是你？你來這做什麼？」老大問。
「阻止你們。」
「哈？你說什麼？」
「不可以……你們不能再這樣欺負人，我也不會讓你去偷那些錢。」我說，然後攙扶起倒在我旁邊的姚子星。
「哈哈……哈哈哈哈。」老大笑得像哭，「你有病吧？」
「有病的是你們吧？」我把姚子星推出了門外，他便腳步蹣跚地下樓去。
「除了欺負人……你們還懂做什麼事？」
「我看你是活得不耐煩，敢來管我們的事？」
我深呼吸了口氣，把句子說了出口：「我是看不過眼你們狐假虎威，只會欺負那些不敢反抗、比你們弱小的人。矮的胖的傻的，還有女生，你們就只懂選這些明知不是你們對手的來欺負。」
「你說什麼?!」
「你們想打就打我呀，不敢嗎？」我說，聲音從沒這般響亮過。
包括老大在內，那四個人看著我這鍛鍊過的軀幹，沒辦法發出一句話。
「他是怎麼了……怎麼敢來挑釁？」肥勤狐疑錯愕地道。

「管他是什麼原因，敢誇口挑戰，就不能放過他了。」阿熊摩拳擦掌，一臉要上前廝殺的模樣。

「你們放馬過來吧……都一起來，我一次教訓你們，省得一個個來對付。」

「豈有此理！」老大露出他逞兇鬥狠的神色向我猛撲過來，想攻我不備，可我完全知道他的攻勢，早有預備般向橫移開讓他撲了個空。

「你敢躲?!」老大怒氣沖沖向我伸出一腳，但再次被我攔下。軟弱無力的他被我輕鬆撞飛，他應聲摔跌在地，露出了一張踉蹌且滑稽的臉。

旁邊在看戲的三人眼見老大被撂倒，就如同豺狼狩獵般向我群起而攻。但我不但絲毫沒被嚇倒，攥緊了拳頭用左手準確無誤地向他們轟去。在我靈活的身軀和敏捷的腳步前，這群平日惡名昭彰的人渣都變得像小丑，完全對我起不了任何威脅。特別是那位恃才傲物的老大，我絲毫沒有想對他留情的想法，不斷向他窮追猛打，把怨氣都一次發洩出來。

那壓抑在我心中多年的苦澀、哀慟、不忿和憂傷，全數還返。我就像扮演一個絕地武士，上演著復仇的戲碼。

四人被我打得體無完膚，在我那張不苟言笑的臉背後藏著無比的舒暢感。當他們都一一倒在地上、想爬都爬不起來時，我才收起那雙拳頭。

「怎麼樣？被人欺負的滋味好嗎？」我淡然道，眼裡充滿了鄙視。

「你……你這個混蛋……」

「混蛋？你是不是搞錯些什麼了？究竟誰是混蛋?!」我坐在他的身上。

「那些被你們欺負的、控制的、迫害的……你覺得他們真的甘心被你們踩在腳下？那只是時機不對，終有一天他們會像今天的我一樣，把以往的債給討回來！」我憤然道，一手掐住他的頸，心裡的鬱悶感驅使得愈發用力、愈發憤怒。

「住手啊……」那人辛苦的瞪著我。

「你去死吧！給我去死！」

「賀倫！別這樣！」喪失理智的我，突然從耳朵接收到後面傳來的一把聲音，甚至直到她從後緊緊抱住我，才把我那差點斷了弦的思緒強行給扯回現實來。

「不要啊！停啊！」胸前掛著牌子的她衝了出來制止我，不讓我做出無法挽回的事。

我理智漸漸的恢復，我鬆開了手，被我壓住的人也得到了喘息的空間，我一時間對他充滿懊悔的心情。

我傻了嗎。

回復寧靜的操場只剩下我和她，心裡的鬱悶感漸漸消退。那女人在我旁邊：

「你還好嗎？」

我吸了口氣，點了點頭，又聽到她說：「要不要帶你去保健室看看？」

「我沒事。」我答，要去保健室的不應是我。

「可是你剛才完全的……」她欲言又止。

「失控？」

「嗯。」她點頭，這也難怪，剛才所發生的事跟我們預先計畫的並不一樣。

「不過現在沒事了。」

我看著她，感覺到她似乎真的在為我設想，「對不起，我沒料到自己那一刻會失去理智，你知道嗎？我可是盼著像今天的日子，對於他……，我無法控制自己無視他，他怎麼都存在，他真的……太可恨了。」

那女人並不知道我跟那人的恩怨，但也似乎猜到一二：「從你說出這個計畫後我就猜到，那有解恨嗎？」

有嗎？就算真的揍了他一身，就能抵去他對我做的一切嗎？我的右手在顫抖。

「你現在能把他擊退了，沒有人再需要被他支配了，你把所有人從這處境中解脫了。」

「真的嗎？」我鬆開了一直緊握拳頭的左手。

「真的啊，你看你自己，你足夠強了，已經不需要懼怕任何人了。已經……」

她頓了頓：「可以好好保護身邊的人了。」

我看著那被自己指甲弄出的紅暈在手心慢慢化開，心裡一直唸著她這句話，強迫著自己去相信。

在尋找趙名韋行蹤以來獲得最大進展的原因，就是來到他所讀的那所高中。

半波先是去了趙萍的舊住處去查看，結果跑出來一個年輕男人，最初以為他就是趙名韋，誰知他是屋主在外國唸書回來的兒子。這所房子在趙萍死後已經被屋主收回，而屋主對趙萍和她兒子沒有任何印象，所有事他都經由唐先生的地產公司負責的。

雖然住宅那邊失利，但拜陳永的線索所賜，趙名韋之前所唸的學校已經查明，正是檀山市一所出了名的中學。

出名的原因並不是校風淳樸師資優良，而是校內常有不好的新聞傳出。雖然檀山是著名的人間仙境，但看來環境再好也難以培養出知書識禮的學子。所謂的「野雞學校」就是把庸俗之流通通接收的地方，就像野生的禽犢，任由牠們在荒山野嶺自生自滅。

半波憑著陳永所說的校服樣式，馬上得知所屬學校的位置。

白壁高中距離陳永的家才十五分鐘的車程，半波坐著陳永的車子，不一會就到達了。陳永比想像中要客氣，不知是否因為半波替他解決了一直苦惱的難題，所以載了他一程。

「謝謝你陳先生。」半波低頭答謝。

「別客氣，那麼希望半波先生你能找到他吧。」陳永說。

「承你貴言，再見了。」兩人就這麼告別，半波看著那遠去的車子，心想這愛出軌的男人也不算壞人。

因為是平日早上，學校正在上課，半波本想到操場去看看學生們的模樣，可卻發現眼前只有一幢建築，完全沒有任何戶外活動的空間。

可能因為半波的行徑古怪，所以很快引來了學校裡的人上前查問。

「請問你找誰？」

「啊！」半波注意到那男人穿著毛衣，語氣感覺得體，應該是學校裡的老師。

「你好，我叫半波，是這樣的，我是《學術月刊》的編輯，最近在做一個關於檀山高中的專題，素聞你們學校師資優良，所以特意來貴校做個訪問。」半波說。

他這段話是剛才在陳永車子上臨時編出來的。他雖然拿到了趙萍的照片，但她已經去世了，目前最重要的還是趙名韋的下落。可調查至今還沒能查出任何屬於趙名韋的東西，連有什麼特徵、長什麼樣子也不曉得。

所以學校絕對是一次能拿到這些線索的地方，而能理直氣壯地進去調查就必須給自己一個身分。要是坦白地用偵探的角色進去，肯定不會受到校方的歡迎，甚至會把自己攆走。所以思前想後，把自己化身為一個學術性雜誌的編輯應該最能打動到校方給自己進去拍攝和調查。

「啊，《學術月刊》嗎？你們居然要來採訪我們學校？」

「有何不可呢？」半波說，他深知這白壁高中並不是什麼一流學府，看來對方也有點自知之明。

「那麼請問你的證件……」他問，半波馬上從口袋裡掏出了什麼，在那男人前揚了揚：「這裡。」

那男人根本沒看出是什麼，半波就收起來了，「如果有懷疑，也可以打去《學術月刊》問問，就說半波主編輯。」

「主編輯？」他怪叫。

「怎麼了？」

「不，沒什麼！真的幸會啊，我姓李，請先生你進來，我們再慢慢細談。」那位男老師表情雀躍，似是對半波的來頭感到興奮。

如此順利的走進了學校的建築，就在地下的會客室中坐了下來。那位姓李的男老師讓半波稍等半刻。半波留意到會客室裡放著不少獎杯和獎狀，細看之下，似乎都是這兩三年所獲得的，當中包括了球類和田徑的比賽，看來這間學校的辦學方針漸上了軌道。

才一會，年紀明顯比他大的女人從走廊敲門進來，她看到半波時稍露訝異的神色，已盡量不表現出來，但還是被半波看在眼裡。

「半波先生是嗎？我是白壁高中的主任，我姓歐陽。」那女人伸出了禮儀之手與半波互握。

「沒想到這麼有名的《學術月刊》會來檀山採訪啊，為何不早一點通知我們呢？」歐陽主任跟李老師在半波前面坐了下來。

「啊……其實這是臨時起的計畫，比較急趕決定的，來不及跟你們說真是抱歉。」半波說。

「那又不會，只是驚訝而已。這次雜誌是想採訪什麼樣的內容？」歐陽主任說。

「是運動特輯，聽說貴校近年在運動方面表現不錯，所以想借這機會做個訪問。」

旁邊的李老師搭嘴道：「主任啊，那不是正好嗎？我們女子籃球隊剛好打進了縣市的半準決賽啊。」

「對！這確實是個好時機呢，半波先生你來得正好，我們女籃正在積極備戰呢，要來看看嗎？」

「啊，女子籃球……好啊。」半波答，他很少看籃球，不過既然是女高中生那肯定好看。

「那請先生跟我來，這時候她們應該就在練習。」

歐陽主任二話不說，領著半波走出了會客室，開始爬樓梯往上面的樓層去。在爬到三樓時，李老師見半波有點費勁，便好心地問：「半波先生你還可以嗎？」

「可以的，只是腿短沒辦法走太快。」他答：「不過為何我們往上走？不是說去看籃球嗎？」

「是啊，我們學校的運動場就在頂層。」

「啊，原來如此。」

「沒辦法，在建學校時政府只劃給我們這一塊地，地方太少了根本建不了運動場，所以只能把操場建在頂樓。」

「也是個方法，就是有點累人。」

半波唯有先迎合著校方，心裡卻一直盤算著怎麼才能問起趙名韋的事。

來到頂樓，半波才發現是有蓋的操場，籃球落在地上的聲響與女學生們的叫喊聲傳來他的耳中；一個個女高中生在操場上揮汗如雨，朝氣蓬勃，讓半波感到活力滿滿。

「半波先生你看，這就是我們學校引以為傲的女子籃球社，是個不錯的雜誌素材吧？」歐陽主任說，在旁的李老師也笑臉盈盈地附和。

半波完全感受到那股熱情，便從手提包裡拿出了一台照相機，但卻讓旁邊兩人驚詫不已。

「半波先生，你這照相機……有點舊啊。」歐陽主任說。

「對呢，現在大家一般都用單鏡反光相機或者直接用手機的，像半波先生你這種……是菲林相機吧，會不會太有歷史了？」李老師雖然看起來比半波還要年長點，但看到自己年輕時才會流通的骨董，也不禁張大了嘴巴。

「哦，是興趣。」半波沒理會他們，把雙鏡頭的相機調校好，打開了機頂蓋來觀景。他不是沒有智能相機，手機也是上年才買新的，但他習慣了用膠卷來捕捉線索。兩位老師感覺既搞笑又好奇，全沒料到原來學術雜誌的編輯還這麼有品味。

半波沒帶很多膠卷，所以只拍了一張，很好地捕捉到球場上女學生們的活潑形象。他回去就打算沖曬出來，掛在事務所的客廳裡當畫像。

他邊裝作取景，邊藉機問道：「對了，除了籃球以外，學校以前有什麼出名的學生嗎？玩項目厲害的。」

「運動的嗎？」

「不，不一定要運動，其他什麼也行。如果貴校有什麼風光的歷史，在我介紹你們時能一併說出來，這比較有看頭不是嗎？」

「先生說得是，我們近年的確拿了不少公開比賽的獎項啊。」歐陽主任得意的說。

「早幾年前有嗎？我印象中我之前好像採訪過一個學生，他就是在貴校出來的，就三、四年前。」

「三年前？」

「對，三年前，不過我忘了他的樣子了，只知道他數學特別強，而且還參加過數理比賽，贏過亞軍呢。」

「咦？有這回事？怎麼我們完全沒有印象的？」

「是嗎？奇怪了，我印象中他說是就讀貴校的呢。」

「沒道理呀……我們數理沒有出過什麼強人，如果是運動還有可能，不過三年前……」

「三年前怎麼了？」

「不，說來慚愧，其實三年前我校發生過不少事，籃球隊也是在那之後才能成立的，如果是那之前，我們還沒拿過什麼獎項。」

「哦？是什麼原因？」半波思忖這會不會跟趙名韋有任何關聯。

「唉，反正不是什麼光彩的事。」

「這樣，那你們有三年前高三學生們的照片嗎？如果有，我應該能認出來。」

「這樣嗎？那倒是有的。」李老師說，歐陽主任也吩咐著道：「那李老師帶半波先生去看看吧，我也很好奇究竟是我校的哪個同學獲得了這麼好的成績。」

他們接著回到了地下的教職員室，在一所專門存放資料的房間裡，李老師找出了三年前的一本學生紀錄簿。冊上寫著二〇一七年檀山高校三年級學生紀錄。

「是這本了，裡面記錄了在校所有學生的資料，你看看認不認得是誰？」

半波答謝了後，便打開紀錄簿，一頁一頁的翻看著。他其實完全不知道趙名韋是照片中的哪位，所以他根本沒看照片，而是查著哪一個班級上有他的名字。

「啊！這位！」他翻了幾頁，突然找到了想找的人：「在這三年E班的。」

「三E班？不可能吧！」李老師臉色一轉，放出了一個難以想像的臉。

半波感到事有蹊蹺，繼續套問：「為什麼？」

「這E班，全都是校裡的……哎，這很難由我的口裡說出來，但你知道的，就是一所學校總會有些表現不太好的學生。」
「你指不良分子嗎？」
李老師瞄了一下門外的歐陽主任，見對方在跟誰攀談著，便小聲說：「是，這個班都不是什麼好東西。」
「這麼嚴重？一個也沒有？」
「倒是有一個例外，其他都不行。」
「那這個叫趙名韋的呢？」
「趙名韋？這更不可能啊！」
「怎麼了，他發生什麼事？」
「你肯定認錯了，這位同學，他根本沒在本校畢業呀。」
「咦？真的嗎？」
「是，那年他突然輟學，什麼原因都不清楚。」
「不會吧，居然發生這種事？那豈不是失蹤了？」
「可能是逃跑了。」
「逃跑？」半波再次感受到打擊，原先是想找到他的住處，那應該會有他所在何處的線索，沒想到三年前趙名韋就已經跑掉了嗎？

如半波之前接收的線索沒有錯漏，趙萍是三年前自殺死的，但如果這樣，即是在她死前，趙名韋就已經離家出走了。

「李老師，那時你們沒有去找尋過或者問過他的下落？」

「也不是沒去找，但家裡老是沒人。而且這些學生，不單常曠課，像他這種忽然消失沒再回學校的人也不是什麼新鮮事，所以也沒再理了。」

「這樣啊……」

「為何要這麼執著他的行蹤？」

半波只好撒謊說：「我這次來檀山除了來訪問檀山裡的學校，其中一個目的就是想見上趙名韋一面。」

「他不會真的是你說的那位全國數理比賽亞軍吧？我印象中，三E班沒人的數學成績是合格的啊。」

「所以能找到他出來證實一下就好了。那個班上，有跟趙名韋要好的人嗎？同學或者朋友，總之跟他相熟的。」

「我看半波先生你別執著了，你十成十是搞錯了，那個男生不可能有這種實力的。如果你對我校的學生有興趣，我可以推荐一些給你做訪問啊。」

「那……當然好，但實不相瞞，我們正在二十週年特刊，要把歷來拿個大獎的人都做個紀錄，所以才這麼著緊，拜託了。」半波打出了同情牌，想要蒙混過去。

「這樣啊，不過這我不怎麼清楚，你要知道一間學校有這麼多學生，誰會記住誰跟誰關係要好呢。」

「也是。」

「不過你真的想知道三年前那三Ｅ班的事情，有個人倒比我清楚得多。」

「是誰呢？拜託請一定要介紹我認識，我定會去拜訪他。」

「不用去拜訪，她就在這裡，你稍等。」李老師說罷就離開了房間，在教職員室裡叫喊：「何老師！你過來一下。」

那位叫何老師的女人聽到，就站起來往他們走來，半波雖然有點近視，但從這距離看得出是位年輕的女人。

「這位是半波先生，是《學術月刊》的編輯，這位是何老師，如果你想知道三年Ｅ班的事情，問她就最合適了。」

「你好半波先生。」何老師開口說，她不單年輕，而且容貌秀麗，看起來也有種叫人難以移開目光的氣質，雖然臉上有些雀斑，但卻不礙眼，反而成了她的一個特色。

「何老師，你看起來很年輕呢，請問你是三年前那三Ｅ班的班導師嗎？還是輔導老師？」

「都不是，何老師正是當年三E班的學生。」沒戴眼鏡的李老師說。

「咦？真的嗎？」這讓半波始料未及，原來眼前這年輕的女生就是認識趙名韋的人。

何老師的頭微微向下一動，「我是那時三E班的女班長，畢業後就直接去讀了教師專業，才回來母校任職一個月。」

「何老師是唯一那班的少數分子，不，不應這麼說，何老師是那班唯一的正常學生才對。她不單學業成績好，操行也是優秀的。」李老師對何老師多番讚賞。

「哪有這麼誇張，只是在那班中最好而已，沒什麼好拿來炫耀的。」何老師謙虛地說。

「那已經很厲害了，有云近朱者赤，但難得是何老師那時沒有受到班上壞分子的影響，這就已經很難得了。」

何老師面色有點尷尬，似是不想在這話題上繼續下去。

「半波先生，你想問我些什麼？」

「是這樣的，我在找那時班上的一個學生，叫趙名韋，你有印象嗎？」

「趙名韋？」她一臉疑惑的想了想，好像想從腦海裡找到那段時間的記憶碎片般：「名字是記得的，但我忽然忘了他長什麼樣子。」
「不是你的同班同學嗎？」
「真的抱歉，就算是同班的，我也不想去記住那些男生。」何老師淡漠的說。
半波從剛才那本人名冊裡找到了班級的照片，何老師拿上手一看，不消一會就記起來：「啊，記起來了，是他吧。」
她那戴著鑽石戒指的手，指著照片中站在第一排的男生。
半波湊了去看，但因為合照的照片，每個人都被拍得很小，只能勉強看到輪廓，很難完全辨認到容貌。但他倒是認出了身旁的何老師，在照片中已感受到她現在也有著的獨特氣質。
「趙名韋就是有點瘦弱的這位。」何老師說。
「你跟他熟嗎？」
「熟我就一早記起來了，他真的不怎麼顯眼，就像個透明人一樣。」
「原來是這樣啊。」半波把她這番話記了下來。
「不過我記得他家跟我住得很近，也試過一起放學，但真的不熟。」
「那班上會有跟他要好的同學嗎？就你認識的人當中。」
「怕是沒有。」

「為何？要好的朋友總有一兩個吧？」

「我也是猜測而已，印象中他平日習慣一個人來看，應該沒什麼朋友了。其實我平時沒必要也很少接觸這些男生，你知道他們可恐怖了。」

「怎麼恐怖？」

「無惡不作，基本上就是一群流氓，不要說同學，就連班導師也都……」

「咳咳。」李老師在旁乾咳了兩下，何老師意會到什麼，本來柳眉杏眼的臉變得嚴肅：「總之我記得的都說了，我跟他真的不熟，抱歉幫不了你什麼忙。」

半波把兩人的眼神交流完全看在眼裡，心想這裡頭可能另有文章，但見已不太可能在對方身上套出什麼，就說：「謝謝你幫忙呢，何老師，恭喜你呢。」

「咦？」她一臉茫然。

「你要結婚了吧？」半波從容的說，何老師才想到自己暴露了手上的鑽戒，她答：「謝謝，沒想到你會留意到。」

「這麼早就結婚啦，是學校裡的人嗎？」

「不是的，是這年才認識的，是位推理小說的作家。」何老師說起那人，露出了羞澀的表情。

「啊，原來老師你喜歡推理小說，我也是呢。」

「嗯，從以前我就喜歡了。」

目送她返回自己的工作桌上後，半波感到有點迷茫。並不是接二連三被斷開的線索折磨，而是他還沒搞懂趙名韋是個什麼樣的人。

壞分子？獨來獨往？單親的孩子？還是一個不受人歡迎且愛逃避的男孩？愈查下去，他愈發現之前派來尋人的偵探之所以無功而回，並非他們無能，而是事情沒想像中那樣單純。

半波知道不能再待太久，以免對方生疑，索性直接地問：「李老師，這張畢業照，我能要個複本嗎？」

「好吧，你稍等，我給你影印。」

「不用那麼麻煩了，我用手機拍下來就行。」沒等李老師回應，半波已先發制人，咔嚓一聲，把印著三年E班通訊紀錄的那頁拍了下來。

「這……」李老師本想說什麼，但也不好推卻，心想反正只是離校舊生的通訊，給他也無妨。

這樣，照片、地址，以及跟趙名韋認識的3年E班同學的聯絡全都一下取到手上了。

他隨便找了個藉口，說自己會盡力寫好學校的報導云云，就躡手躡腳離開了高中。臨走前歐陽主任還讓半波留下聯絡方法，好讓自己提供更多學校的素材，半波把一個假的電郵留下，就逃之夭夭，不敢再留在那裡半秒。

「三年E班的班導師。」半波看著手機，口中喃喃地道出了下一個要套話的目標。

我記起了以前問過母親，父親他究竟是做什麼工作的，但她每次都不願意說。

「他是不是當船員的？」我問她，她在廳子裡弄包裝袋子。

「你又知道船員是經常不回家的？」

「我看電視有講，就晚上那套劇集。」

「那不是給小朋友看的，而且肥皂劇的劇情都是虛構的。」

「但也真的有船員這職業吧？我上網搜索過，好像是船運的水手，因為越洋出海送貨，一來一回起碼也一兩個月。」

「看來你在網上也學到很多知識呢。」母親衝著我笑，但我完全不覺得有什麼好笑，她只是在敷衍我。

「如果不是船員，那他為何老不在家呢？這是他的家是吧，他不回來那要睡在哪兒呢？」

母親自是不想多說，但我今天卻沒有放過這機會，窮追猛打地想要問個究竟。

「說真的，我也不比你知道多。」

「為何？」我表情驚訝。

「我不知道他在幹什麼，我也不知道他什麼時候會回來，所以你就算怎麼問我也答不了你呢。」母親停下了手上的工作，深情的看著我：「你有母親便夠了，我是你的母親，也會當你的父親。」

「你是女的怎麼能當父親。」我氣鼓鼓的生著悶氣，一個兒走回了房間。

雖然得不到答案，但我能詢問的對象就只有母親，所以久不久也會想要追問，但就從來沒想過在父親在家的時候當面問他。

記得有一次我放學後回家，從玄關走進房子裡時，忽然見到既熟識卻又陌生的身影，讓我吃驚不已。我以前就說過，寧可父親一直不在，也難以對他感到自在。我眼也不敢跟他對視，快步回到自己的房間，怕他會突然把我叫住。

我在房間裡不時探聽外邊的情況，父親好像在廳裡看電視，不發一言，似是在等待著母親回家。

大概傍晚時分，母親回來了，她見到父親，開始也像我一樣有點小吃驚，但很快就回復平日的語氣。她手裡提著兩個外賣的袋子：「我沒買你的飯。」

「隨便，我也不想吃。」

「兒子呢？」

「在房間吧，看見我像看到鬼，連招呼都沒打一個。」

「那不是很正常嗎？」不知是否錯覺，母親的這句話帶了點譏諷的意味。

「是這樣嗎？罷了，我也不想理會。」父親這麼說，我心裡像落空了什麼。

「你這次又想要多少？」

「別說得我只會向你拿錢一樣。」

「那我倒想不到還有什麼其他原因。」

父親失笑：「也罷，怎麼想隨你喜歡。你能給我多少？」

「你戒了吧，別再這樣下去了。」

「別給我說教！你有多少?!」

母親白了他一眼，搖頭嘆息。她走到自己的房間去，從抽屜裡拿出了什麼，然後回到聽子交到他手裡：「只有這些，沒多了。」

「就這麼點？」父親語氣不怎麼友善。

「你以為我們在過什麼生活？哪可能有閒錢？」

「你這是什麼意思？我也有拿錢回來的。」

「那是多少年前的事？」

「我也有努力的好嗎？你現在是在怪我嗎？當初不是你自己說能照顧我

嗎？」

我從門隙處看到母親沉默，沒有回話。我那時年紀小，並不知道為何父親要讓母親照顧。

「我就只有這麼多，那有什麼辦法？」

「怎麼可能，是你藏起來了吧？」

「沒有，這真的已經是我們僅有的了，我還有個孩子需要養的。」

「我才不信你。」父親嚷道，然後往走廊這邊方向走。急促的腳步聲在我門外傳來，我心底裡怕得要命，以為他要衝進我房間裡，可他卻直接無視了我，進了母親的房間。我見到他開始翻箱倒篋的，拚命的要找尋什麼。

「你別這樣！」

「走開！你不給，我自己不懂找？」

「真的沒有了！我真的都給你了。」

「我才不會相信你。」父親把母親推開，一直翻找到床下的一個銀箱子。箱子是鎖著的，父親知道裡面藏著他想要的東西，大喊說：「鑰匙呢？」

「不行！這不能給你的！」

「給我鑰匙！」

「我說不行！」

他當然沒有理會，衝到廚房處，拿起了一把鉗子，猛地把箱子上的金屬鑽頭給鉗斷。在箱子裡放了一些舊照片、我的出生證明文件，還有一疊現金。我之所以這般清楚，是因為我後來也在母親不在家時偷偷的翻開過。

「哈，我就知道！居然還藏起了這麼一筆錢！」

「不可以！這不能給你的！這是要給我孩子的！」母親撲了上前，想要把錢取回來，但父親不為所動，用身子擋住，又用力氣把母親推倒在地。把錢拿了後，他還從箱子裡拿出了一張照片：「這些照片能讓你過不一樣的生活吧，為何你不好好利用它?!」

「還給我！」母親哭喪般的臉，聲音也因嘶叫而沙啞。

「別怪我這麼對你，是你利用我在先。」父親把那照片揑成一團，扔在母親眼前。我從來沒見過母親哭過，那晚也是第一次看到她哭得如此傷心。那時才十歲左右的我，一直躲在房間，直到父親奪門而出，母親也始終坐在地上不停的啜泣。父親跟她所說的話究竟有何含意，直到現在我也不明所以。但那次開始我就斷定這男人不是好人，會對自己的女人動粗的肯定是個渣滓。

雖然長大後的我已沒對父親抱有任何幻想，但每次憶起母親那張難以解讀的臉時，我總會想起那人對我說過的那些話。

我跟父親其實沒多少交集，能夠記得且印象深刻的只有一次。那次大概發生在我初三那年，母親那段時期經常不在家，有一晚突襲回家的父親殺了我一個措手不及，整個晚上只有我跟他兩人待在一起。

一直以來他給我的印象都是不苟言笑，別說跟我玩耍，就連話也沒有說過幾句。他雖然如此兇橫冷酷，卻沒有對我做過哪些惡劣的事情，尤其是在我小時候，雖然沒盡過任何父親的責任，但他不見得討厭我，有時會拍拍我的頭，或者一聲不響的看著我。

但那個晚上是不同的，特別得讓我記住一輩子。他第一次為我下麵、第一次問候我的學校生活，也是第一次跟我說那麼多話。

「噯，小子。」

我看著他的瘦削的臉。

「你長大後想要做什麼？」

我沒回答，不是不想答，而是著實想不到有什麼想做的工作。

「想不出來也很正常，其實做什麼都可以，也不用賺很多錢，足夠生活就好。」

「找一個不嫌棄你的女人，簡簡單單的生活，不要有過多的遐想。」

「別像我一樣，一時無成，想要努力，但卻努力不起來。」

父親開了瓶啤酒，「要試嗎？」

我搖頭，母親知道會把我打死。

他灌了一口酒，接著說：「我起初希望靠自己，能好好的照顧你母親，可是事與願違，到頭來我什麼都沒幹出來。」

「最讓我崩潰的是什麼你知道嗎？」

「不知道。」我答，那時的我怎麼可能會答得來。

「是你的母親，她好像從來都沒有對我有任何期望，跟我在一起也好，自己一個也好，她都只是想著你一個而已。」

我默言。

「久而久之，連我自己都不對自己抱有期望了，只能喝酒。對的，酒在這時候最好喝，你長大就會知道了。

你母親什麼都不需要，只需要你。其他人只是順著她意思、躺著被她照顧就可以了。

好好努力，別辜負了她的期望，知道吧，臭小子。

你的母親是個很堅強的人，不過也許太堅強了，根本不願意讓任何人走近她。」

他一邊說，一邊喝，不知是他不勝酒力，還是他本來就是醉的，說著說著，他就倒在桌上一動不動。

「我真是的，跟你這種小子說有什麼用。」

這是我聽見父親最後的一句話，也是讓我難以忘記的一段話。

父親離開了我的視線，燈光開始變得暗淡，人們也開始進來。我呆坐在餐椅上，心裡泛起了漣漪。父親最後問我能不能原諒他，我回答了他不能，但他說我必須要原諒他。

但我沒跟他說，我做不到的，因為我根本沒有惱怒過他，我惱怒的只是懦弱又看不穿這世界的自己。

「她說她不想見你！」

「砰」的一聲，那女士狠狠地關上了門。半波站在門口有點胸中無策，一時間想不出個法子。

他預料到對方不願意談及關於三年前的事，但現在唯一能把整個事件聯繫在一起的，就只有三E的師生，其中作為班導師的她的供詞絕對不能少。方瑩是趙名韋所讀那三E班的班導師，就算以現在來品評，只有二十七歲的她也還是非常年輕。

如果她能告訴自己當時趙名韋的狀況以及班裡發生過的事，距離能抓住他的行蹤就變得很近。

可是她卻決斷的拒絕了半波的探訪，哪怕是半波已經藉詞欺騙她是從前學生的家長，還是不得要領，被那女生的家人拒諸門外。

「怎麼辦呢。」半波在門外托著腮。

「叮噹」一聲忽然響起，半波旁邊站了個人，是他按的門鈴。

「我不是說我女兒不會見你嗎？」那位女士開著門就大罵，誰知門外站的是另一個人。

「噢，抱歉，是你？」

那男人穿得斯文得體，半波向上看他感覺像個生意人。

「伯母，阿瑩在家嗎？」

「你還是不放棄呀？……」

「我只是想見見她而已，能不能替我傳個話呢？」

「唉，雖然我也覺得很可惜，但……」那女人嘆了口氣，說：「你還是不要浪費時間沮喪了。」

「為何啊？是我不夠好嗎？我每次跟阿瑩出去，我感覺她都很開心的呀。」

「不是的，我都不知怎麼說了。我也很喜歡你的，但……算了，你別再來了。」

那女人關上了門，一臉沮喪的男人百思不解。

半波雖然只聽見他們幾句對答，但大概推測到前因後果，他問那男人：「新相識的嗎？」

那男的好像這才留意到半波就在旁邊，嚇得一激靈，「你是誰啊？」

「我也是來找方小姐的。」

「你也是？」那男人眉頭一皺，感到不可思議。半波猜到他的心思，搖頭說：

「不是，我跟她沒關係，我是她以前學校的學生家長呢。」

「啊！白壁高中麼？」

「看來你很懂啊。」

「當然啊，喜歡一個人就要了解她的一切。」

「真厲害呢，我都要向你學習了。」

「不過，這又有什麼用，她都不願意見我。」那男人垂下頭。

「她也不願見我呀。」半波想要安慰，不過又覺得不太對勁，「她不見我我明白，可是為何她不願見你？」

「我不知道，可能不喜歡我吧。」

「但你不是說跟她約會時她表現得很開心？」

「是這樣沒錯啊……所以我也不知道為何。」

「真奇怪，你沒有方小姐的手機號碼嗎？」

「有啊。」

「那你不直接打電話問她？」

「她都不接我電話，簡訊也不回覆，所以才特意上門找她的。」

「嗯……」半波摸了摸下巴，想了個主意，他跟那男人說：「我想到個方法，讓你馬上能見到她。」

「咦？要怎麼做?!」

「你手機借我一下。」

那男人不忌諱的把手機給了半波，他就在螢幕裡輸入些什麼。

就一會，可能連一分鐘都不到，房子的大門忽然打開，一個留著長髮，戴著眼鏡的女生衝了出來，表情驚慌失措，她似乎沒留意到半波，只對著那男人說：「你傻了啊！」

男子一臉疑問，但見半波真的把方瑩引了出來，既吃驚又開心，他湊到半波耳邊問道：「你跟她說了什麼啊？」

「我說如果她不出來你就死給她看。」

「什麼?!」那男子驚呆了，方瑩就抓住他道：「你怎麼能因為這樣去做傻事呢！」

「我沒有啊。但是，你為何不願見我？」

「我……」方瑩說，「你別浪費時間在我身上了。」

「怎麼會是浪費時間？我喜歡你啊，阿瑩，我的心意你還不清楚嗎？」

「我清楚，就是因為清楚，所以……我不能回應你。」

「你不喜歡我？」

「不是……」

「那是為什麼？」

「我……」方瑩欲言又止：「我不是告訴過你嗎？」

「我知道你說什麼，但我不明白為何你會覺得我介意。」男人說，態度語氣皆堅定。

「我喜歡你，我也不介意你的過往，我只希望你能給我一個機會，我會證明給你看，你會成為世上最幸福的女人。」

半波聽得差點想在旁邊拍手，方瑩明顯受到感動，但還是沒有心理準備，但至少她願意繼續給予機會。

聊了幾句後，方瑩才察覺到半波一直在旁看著他們，半波難得見得著她，趕緊上前自我介紹：「方小姐，我叫半波，是剛才想要找你的那個人。」

「你是……那個班的學生家長？」

「對，三E班。」

「……那個班的事，我不想多說。」她態度瞬間冷淡下來。

「因為發生了什麼讓你不愉快的事情嗎？」半波問。
「喂！阿瑩說了她不想回應，你怎麼老是要問。」
「因為這件事事關重大，不然我也不會特意到訪想要問個究竟。」
「事關重大？……你是哪位學生的家長？」
半波清了一清喉嚨：「趙名韋。」
「趙名韋？」方瑩感到吃驚：「你是他的誰？」
「老師你記得他啊？我是他……叔叔。」半波心想，反正都是編，編個直接點的。
「叔叔？」方瑩聽罷驚上加驚，有點難以置信的問：「但你不是說你叫半波……」
「我就叫趙半波。」半波說得理直氣壯，心想方瑩也不會真的能證實真假。
「那你為何找我？」
「就是關於我姪兒失蹤的事。」
「咦？」方瑩驚呼，「失蹤？」
「對啊，老師這你不也知道嗎？」
「沒有，我們一直以為他只是忽然輟學，沒有想到他是失蹤了啊！不過你不是他叔叔嗎？怎麼事隔了三年才跑來問我他的事情？」

「抱歉你可能會覺得奇怪，為何做阿叔的現在來找人，因為我……」半波豁出去道：「我之前犯了些事才剛出獄，以前跟名韋他一起生活，但出來後發現他不見了，也沒留下什麼訊息給我，所以現在拚了命想要找到他。方老師，你能幫幫我嗎？」

半波點頭哈腰，方瑩就是不想多說也不忍心拒絕。

「你想知道什麼呢？我也已經三年沒見過他了。」

「你好像很記得他的事情，我一說名字你就知道是誰了，連想也不用想。」

「這是當然。」方瑩說，「因為他是特別的存在，班上沒人像他一樣。」

「我姪兒……是個怎樣的人？很壞嗎？」半波試著把之前從何老師口中的證供來假定。

「不是，只是他平日很靜，不愛說話。」

「那有什麼特別的？」

「他特別在於……抱歉，你作為叔叔可能並不想知道，但名韋他經常被人欺負。」

「欺負？什麼意思？他被人打嗎？」

「嗯。」方瑩點頭，「他常被學校其他學生針對，恆常被欺凌。」

「什麼?!」半波裝作發怒，「你說那班上的其他同學一起來欺負他嗎？」

「也不是所有同學，但個別有幾個特別嚴重……」

方瑩的男伴這時也忍不住，大喝道：「哼！那不是你姪兒的錯！那幾個根本不是人，那幫人除了殺人以外什麼事情都做盡，不，分分鐘可能連人都敢殺。」

殺人，這兩個字刺激起了半波。

從尋人任務在王展口中說出來時，他就已經預想過有這個可能，就是趙名韋可能已經死掉，甚至是被人殺死了。這並不是偏激，而是數據。根據上年警察公布過的數字，一整年共有二百一十宗懷疑失蹤個案，而有三成的人原來已經死亡，當中更有一半是被殺的。以這比例來看，即是一百個失蹤的人，有十五個都死於謀殺，這是個令人不安的數字。

萬一查到了趙名韋是被人殺死的，這就不會是半波工作範圍內的事了，但要是真的發生這情況，他也未必樂意抽身。

所以他雖然有這想法，但一直是以趙名韋還是生存的角度來調查的，這樣對他來說比較有動力一些。

「方老師，那幾個欺凌我姪兒的人，你能告訴我是誰嗎？」

「不要叫我老師了，我已經沒再當老師了。」

「我說你可能不用刻意去找那群混蛋了。」那男人一臉不屑的說。

「為何啊？他們到現在還是那麼可惡嗎？」

「你可能也見過他們。」

「為何啊？」

「因為他們在坐牢。」

「啊！」

雖然方瑩極不情願，但為了能讓半波這「叔叔」知道更多趙名韋的事，她最終還是把事情一五一十地告知。

她口中所說的壞分子其實是四個人，而當中的兩位因為一件事已被判了入獄，那件事發生在三年前，是一起性侵案，受害者正是方瑩本人，也是為何她說起這事充滿陰霾。

根據她的敘述，當時還是三Ｅ班班導師的她，因為樣子娟好秀麗，被學校的學生譽為最漂亮的女老師，可是一心想在教育上實踐自己抱負的她，卻不幸地成為白壁高中三年Ｅ班的班導師。

被分派到充滿問題學生的班級是每位以教育為職志的老師們不想面對的惡

夢，而不得不面對三E班就更是摧毀了那份對教學的熱忱和耐性。

由她上任開始那兩個月，班上的壞分子們刻意挑釁及製造麻煩，方瑩起初以為自己能用耐心解決難題，關關難過關關過。但她面對的對手卻不只是普通學生，而是犯罪分子。

當中有四個人，以傷人為本，殘害人為樂，四處招搖生事；他們抽菸喝酒、搶劫盜竊、打架破壞，甚至霸凌和性侵。而方瑩正是當中被傷害得極深的其中一位受害者。所以短短一段時間，她已被磨滅了作為老師的意志，不單退出了教育的舞台，甚至患上了抑鬱症。

雖然作為頭號戰犯的三人都被判有罪，其中兩名已滿十八歲的犯罪學生吃牢飯去，而另一人則因未成年而判入感化院。

「不是說有四大惡人嗎？怎麼算著只有三個？」半波一直專心的聆聽，他直覺這四個人與趙名韋的失蹤有莫大關聯。

「還有一個……是他們當中的老大。」方瑩說。

「老大啊？那為何他沒有被抓？」

「他逃了。」

「逃了？他不想被抓所以逃了嗎？」

「也許吧，想起來，他好像跟名韋差不多時間不見的。」

「你說什麼?!」半波心裡激動起來，「兩個人，我指我姪兒和那個什麼老大是一起不見了？」

「想起來好像是這麼回事。」

「那你為何說他逃了？不是失蹤？」

「我說那個人逃了是因為後來我們有他去了別處的證據，但趙名韋我們也一直覺得是他自己輟學離開的。」

「為何會有這種猜想啊？好端端的不會忽然輟學吧，而且偏偏那兩個人是差不多時間一起消失的，這太奇怪了。」半波覺得學校會有這想法是不可思議的。

「現在你這麼說確是有點奇怪，不過半波先生，就算感到抱歉我也要說，其實趙名韋也好，那個惡魔也好，當時在學校看來都是問題少年，所以他們走了我們只有鬆一口氣的分，現在想起來的確不妥當。」

半波腦海裡出現混亂，他馬上組織著自己的思路。

他是王展委託自己來找趙名韋的，在如今計算起來的三年前，即趙名韋十七歲的時候，趙萍給王展寄出了一封信，信裡是讓王展首次得知自己原來有一個他不知情的血脈。

可是當他來到檀山調查時，卻發現原來趙萍已經在三年前自殺身亡，而剛才趙名韋所讀的高中班導師方瑩卻說，趙名韋也是三年前跟班上的壞分子一起失了蹤。以時間線來看，是趙萍還沒死時趙名韋就突然不見，這會不會是趙萍生無可戀而自殺的原因？那究竟是趙名韋失蹤在先，還是趙萍寄出信件給王展在先？要是她知道自己兒子失蹤，卻沒在信裡借王展的勢力來尋人，也不太合理，所以半波相信那封信是趙名韋失蹤前寄出的。

「你剛才說有證據證明那個老大只是逃，不是無故失蹤，是什麼證據？」

「我們後來有聽說他老家有收到他寄回去的信。」

「那人的老家有誰？父母嗎？」

「好像只剩下一個老奶奶而已。」

「所以整件事學校並沒有報過警？趙名韋他的媽媽知道這事嗎？」

「我們聯絡不到他母親，而趙名韋似乎是一個人生活的，所以事情就不了了之……」方瑩說：「抱歉，我不知道原來趙名韋到今天還是失了蹤，這……我都感到混亂了，你報警了嗎？」

「不，容我思考一下。」半波說。

半波這刻覺得事情已變得不簡單，絕不是表面上單純的失蹤。之前半波有想過會不會趙名韋只是離開了檀山，沒告訴任何人就搬到別的地方，但現在這想法明顯過分樂觀，這起事件必定有著更大的秘密，趙名韋現在究竟是生是死也完全是個謎。

最直接當然是去報警，但以現在的時間點來說，報警只會徒增自己的嫌疑，且也不得不把自己受了王展委託的事全盤說出，那這份委託任務就很難達成。

「你剛才說，那四個壞分子當中，有一個人因為未成年被判了入感化院，你記得哪位學生的名字嗎？」

「記得，他叫陳子勤，班上的人都叫他肥勤。」

「是個胖子嗎？」

「嗯，身形比較龐大。」

「那被叫做『老大』的人呢？他是那四人當中的頭目吧？叫什麼名字？」半波神色凝重地問，這名跟趙名韋一起「消失」的人，絕對是案件中最大的嫌疑者。

方瑩憶起那人的臉孔時，充滿了憎恨：「他叫賀倫，人叫他九指賀倫。」

陳子勤被判了感化令後，在兒童院安分守己地待了十二個月，出來後他已經滿了十八歲，需要繼續守行為三年。但因為畢不了業，他也找不到什麼好工作，加上有前科在身，只能幹一些粗活。

半波是在一間快餐餐廳找到他的，當雜工的他穿著一身制服，比起想像中胖胖的形象，親眼見到他時倒是有些落差：他比三年前要清減很多，看起來身形不算健壯但亦屬正常體格。

原本還害怕那份學生資料派不上用場，但幸好陳子勤沒有搬走，這幾年一直住在同一個地方，所以從他的家順利地找到他目前工作的地址。

當他見到半波時，先是疑惑，但也沒有過大反應。可是當聽到半波說他是警察，陳子勤明顯感到渾身不自在：「你是警察？……不像啊。」

「我明白你的疑慮，但警察也有分部門的，我是負責特別行動組的後勤。」半波淡定地編了個謊言。

「特別行動組？」

「專門評估那些從前犯了事現在在守行為的人，若然發現表現不好，就立刻把他抓回去坐牢。」半波嚴厲地說，把陳子勤嚇得半死。

「不用擔心，只是想問你些事情，你之前待在感化院是嗎？」

「是啊……放出來都兩年了，之後並沒有什麼壞事！」他強調，想證明自己一早改過自新。

「是這樣就好。我想查問一下你可能知道的人。」

「誰啊？」

「你還在唸高中時，好像跟幾個人特別熟？」半波指的當然是犯罪四人組中其餘三人。

「這……他們已跟我沒有關係了，你看其中兩個都被囚了，我已經沒有再見他們了啊。」

「你說得對，果然猜到我想問誰，但我要知道的是你們的老大。」半波愈說陳子勤卻愈不安。

「你說賀倫？他跑掉了啊。」

「我知道，所以正是想查一下他跑掉的原因，你知道些什麼？」

「我不知道啊！當初警察問過我們了，我把知道的都說了幾遍。」

「你知道的是什麼？再說一次給我聽。」

「你不也是警察嗎？去查一下系統就知道呀……」

「我們不同部門有不同的系統呢，手續很麻煩的，既然我都在你面前了，你再說一次給我聽也沒什麼不是嗎？」

「……那你想知道他的什麼呀，他為何跑掉？」陳子勤放棄了找理由，問道。

「對，他是因為那起性侵的案件而逃的嗎？」

「不……」他說：「他消失的時候我們還沒犯下那件案。」

「哦？意思是，他是無緣無故的跑了嗎？」

「是呀，當時我們也很吃驚，他一句話都沒留下就突然走了，打他電話是關機的，跑到他家也沒人。」

「家人呢？」

「他有個奶奶，但賀倫平時也很少回家，所以……」

「所以這幾年他沒有再出現過，是吧？」

「是啊。」

「我看紀錄，你們四個人當年在學校裡淨做了些很過分的事，對吧？」

「……」陳子勤頓時語塞，過了會才回答：「我們是幹了不少壞事，不過……其實我都是聽他們指揮，就像遊戲裡那些嘍囉一樣！我真的沒有刻意想要傷害誰的……」

「你意思你都聽命於其他人是嗎？」

「對啊！他們的話我不敢不聽，不然我肯定會像其他人一樣被欺負的。」晦氣色臉的陳子勤回憶起自己的事情，「那時我很胖啊，要不是和他們走得近，聽他們的話，我肯定會被搞得很慘的……」

「你說像其他人般被欺負，是不是像趙名韋一樣？」
「趙名韋？」他滿腹疑惑地唸起這名字。
「對，你班上的同學，聽說你們四個以前經常欺負他的。」半波說出這話時壓下了聲線，雙眼圓睜的看著他。
陳子勤也低黯地說：「哦，那個怕貓的傢伙。」
「他跟賀倫似乎是同一時間不見的。」
「哦，好像是這麼回事，不過我可不知道理由啊。」
「你不知道？」
「真的不知道，我們班那時動不動就有人曠課，我自己也試過一兩星期不去上學啦。」
「你們四個經常一起行動不是嗎？那兩人不見之前發生過什麼？」
「……沒什麼特別啊。」
「真的嗎？你可別打算撒謊啊，雖然我只是個後勤的，但依舊有權力去把你的檔案改寫呢。」半波威嚇他說，從見陳子勤第一秒，他的樣子就保持著嚴肅。
「別啊！我是說真的啦，我們每天都喜歡待在學校天台的球場上，說實話其實大部分時間都無所事事的。」

「你說他怕貓？怎麼回事？」

「以前他們欺負人的小把戲，那傢伙好像挺怕貓的，所以賀倫常刻意在他的抽屜裡塞貓的東西、貓毛呀、貓屎呀，甚至……」

「甚至什麼？」

「試過塞貓的屍體，嚇得他屁滾尿流。」

「你們真惡劣啊。」

「怎麼說，唉，是吧。」

「趙名韋失蹤，不會跟你們有關吧？根據我手上的紀錄，你們從以前就恆常的欺負他，不單毆打他，而且還多次用不同手法去侮辱他。」半波把話刻意地誇大，他並不知道當時這幫人的欺凌有多嚴重。果然陳子勤因害怕而說出了實情：「天啊！這我可無辜啊！出手的人都是賀倫和楊雄啊！而且我們確實對他做了不少壞事，但很多時他挑釁我們在先的。」

楊雄是那四個人當中的一個，外號叫阿熊，如今跟另一位叫張國軍的同樣被監禁中。

「他為何挑釁你們？」

「哈，我怎知道，其實那時在學校沒多少人喜歡我們，你知道三E班本來就是個廢才班，即是學校最差表現的人都分派去的班別。賀倫是最先營造出一個惡霸的形象，全班甚至全校的師生都怕了我們，無事也不會惹我們生氣的。但也是如此，我們在學校沒其他朋友，也不受所有人歡迎，不然也不會每天都在天台上發呆。倒是趙名韋……」

「他怎麼了？」

「他完全不怕我們啊。」

「雖然說起來很沒說服力，但我們也不針對什麼人的，唯獨是那個瘦弱的傢伙，他總不服輸，眼裡常常怒視著賀倫，也不知哪裡惹了他，可能是搞上了他的馬子吧？這就怪不得我們重點招呼他了。但就算打他個半死，他還是依舊那樣，真不知該說他有勇氣還是倔強，所以賀倫特別喜歡搞他也不是沒有道理的。」

「別把欺負人的事情說得如此理直氣壯。」半波從言詞間就聯想到那些畫面，並斷定趙名韋的失蹤跟賀倫有著極大的關聯。

「那你們那老大不見了之後，接著發生什麼事？」

「賀倫失蹤後我們就群龍無首啊，所以就有點放飛自我了，結果阿軍就策劃了那起案件……要不是我當時沒成年，唉，算是不幸中之大幸了。」

「被你們欺負的人才叫不幸，就算現在抓你去坐牢也好也是活該的。」

「不要啊！我其實已經改過自新了阿SIR，以後會循規蹈矩的了，求你放過我啊！」

陳子勤返回餐廳裡後，半波把記錄下來的證供都翻過一遍，他覺得以目前的線索來看，趙名韋的去向恐怕不太樂觀。

特別是賀倫跟趙名韋是同時失蹤的，他隱隱感覺到，要找到趙名韋，得先要找到賀倫。如果他曾經有把信寄給他奶奶，也許他老家會是能打破缺口的一個地方。

空調的聲音在落針可聞的房間裡顯得像交響樂，我清楚聽見了門把扭動的聲音，也聽得見那人的腳步聲，但我還不敢睜開眼睛。

「賀倫。」

「喂，賀倫，要醒了。」

我張開眼。

柔和的燈光映照下，父親的臉就在我眼前，而我在哪裡？我應該在自己的家裡。

「起床吧，都很晚了。」他說，聲音溫柔平和。

我立起身子，他替我拿了件外套，他說：「天氣轉冷了，多穿件衣服吧。」

我把外套穿上，瞄了一眼這男人；他的臉沒有從前那麼深邃，樣子也顯得比較精神，而最大的不同，是他會笑。是的，從一睜眼到現在，他都對著我笑。

「午飯能吃了。」

「午飯？」

「對呀，都日上三竿了。」

「不，我指，午飯是你做的？」
「有問題嗎？」
「真的能吃嗎？」我說。
「我也有同樣疑問，所以我額外煎了午餐肉，有險可守。」他笑說。
「那我就放心了。」

高三那年，即那事件之前沒多久，父親突然回來了。我是從母親處搬了出來後在這條所謂的貧民街意外地碰見他，原來他離家後一直都待在這裡，真的很想說，我們果然是兩父子吧。說是順理成章也好，或者上天喜歡這種故事鋪排也行，他莫名其妙地就跟我一起生活了。他意外地沒成我的負擔，我也樂見有人替我分擔租金，我們甚至會一起去打散工。

我原先就對父親這生物沒有任何期望，但當他再次出現我眼前時，我卻難以抗拒地接納了他。但與其說我重新獲得一個叫「父親」的物體，例不如說我多了個像朋友般的東西。

「喝酒嗎？」我問，冰箱裡放著幾罐啤酒。
「不會吧，才早上。」他說。
「有差嗎？這裡又沒說不能喝，所以要不要？」

「你在這裡的生活很隨心呢。」他說：「我不要了，戒了。」
我感到驚愕。我拿了一罐給自己，想要揭開瓶蓋，右手卻使不上力。他見狀替我掀開了。
「謝謝。」我說。
「你工作最近怎麼樣？」
「還好吧。」
「還有寫作嗎？」
「嗯，偶爾。」
「女朋友呢？」
「哪會有什麼女朋友。」
「那麼男朋友？」他問，而且一點沒在開玩笑。
「什麼鬼，我只是沒想過這件事情。」
「你長得也算帥氣，應該也有女孩喜歡吧，年輕就該去談個戀愛什麼吧。」他說。
我摸了摸這張既是自己又不是自己的臉，會有女孩喜歡我嗎？我連想都不敢去想。

「別要跟我說教。」

「我這是提醒，怕你錯過了最該談戀愛的年紀。」

「我……不懂。」我說。

「不懂就學啊，去嘗試一下。」

「怎麼嘗試？」

「哪裡能嘗試你懂的。」

「別說得自己像個戀愛達人一樣，你呢？找別的女人了嗎？」我問。

「哪會有，找女人要錢的，我什麼都有，就是沒錢。」

「也是，你可是窮酸得要跟兒子攤分租金的人。」

「喂，給我留點面子好嗎。」他苦笑。

我還沒習慣跟父親說太多話，任何話題只要說多了就會開始彆扭，可能他跟我一樣也不善辭令，活像兩個等著人去敲的太鼓一樣。

但現在的他雙眼裡有我，這臉容是真摯的、誠懇的，表情能給我放下心的感覺。

「你不是還有事情想問我嗎？」他突然開口。

「什麼？」

「就是你一直沒能解開的那些謎團。」

「哦，確實有很多不明不白的地方。」
「那就問吧。」
我深呼吸了一口，我知道這對我很有幫助，「你以前常問母親拿錢是嗎？」
「哈，我就猜到你會問。」他嘆了口氣：「算了，也沒什麼不能說的。確實，從以前我就經常問你母親拿錢。」
「為什麼？」我沒有動怒，我只想知道原因。
「你是問為什麼要靠女人，還是問為什麼這麼厚面皮？」
「都是，我想像不了。」
「其實我也想像不了，但的確在不注意間，就變成了那個模樣。我很窩囊對吧？連我自己都覺得自己窩囊。」
我先是點頭，但馬上又搖頭：「我不知道，我覺得自己現在跟你沒有什麼區別。」
「怎麼會？你哪像我？」
「我跟你一樣，不知自己在幹嘛，為何會變成現在這個模樣。」
「你沒問題啊！你不是已經很努力了嗎？但你要相信我，我也曾經很努力想要給你們好的生活的。」

「嗯。」我相信，因這是唯一解釋母親為何一直接納他。
「也許你沒有印象，在你小時候，我常常抱你呢。」
「哪有。」
「是真的，倒是你母親不讓我抱你而已，她一直對你呵護有加。」
回想起來，他說的這句也許是真的。
「那麼你當年是怎麼追求母親的？」
「你這小子，怎麼感覺在小看我？」
「我很好奇而已，想知道很久了，但一直沒敢問。」
「我以前有那麼兇嗎？連問也不敢問？」
「對，我是這麼覺得的。」
「真失敗呢，我確實是個差勁的人，連孩子都會覺得可怕。但信不信由你，我反而很想跟你說話。但我性格跟你一樣，想說但說不出口，結果大家什麼都沒說。我不在家裡時，你肯定比較自在吧？」
「是的。」我答。
「但你還沒回答我的問題。」
「怎麼追到你媽媽嗎？嗯……可能是彼此需要吧。」

我皺了下眉頭：「別跟我說因為你很有才華之類的。」

「哈哈，我能有什麼才華呢？」他把眼光落在窗外：「當年我真的很喜歡你母親，未至於一見鍾情，但我喜歡她那種淡定自若的感覺，好像什麼事都影響不了她，發生什麼都好，她都能從一而終。

我被她這氣質吸引，那時的我很沒方向，飄泊不定，心也累了，想找個可以廝守的人，可以讓我好好保護，讓我感到安全，而你母親恰巧是能給我這種安定感的人。」他說罷，默默地回想著什麼。

「那母親呢？」

「你母親……雖然這麼說很自負，但以當時來看，我是你母親最好的選擇。」

「她能從你那裡得到什麼了？」

「我從前比現在還沒那麼一無是處，我有很努力的讓你母親認為自己是個值得依靠的人。」

「既然如此，那為何最後會演變成那個模樣？」就是飯來張口、附在母親身邊吸血的樣子。

「我跟你說過了不是嗎？」父親說，他也記得那一晚。

「很多事都不是自己能左右的，原來人生活著就是在考驗人的適應力。可惜的是我這方面表現得很差，當適應不了時，能做的就只有自怨自艾了。」

「無論是對你、對你母親，甚至是對我自己，我都失去了應該有的方向，只能拚命的替自己找籍口，拚命的想要抓住什麼。當我回過神來的時候，我就已變成一個混蛋了。這麼說，你會懂嗎？」

我懂。

某程度上我也是個混蛋。這些年來，我確實失去了身為一個人應有的分寸。我不知道自己在幹什麼，也漸漸忘了自己是誰。我相信那時的父親就是有著跟我同樣的感覺吧，那種會讓自己不知所措、沒有人可以依靠，也沒有什麼可以相信的處境，是最糟糕的角色走向。

「所以，有些事情發生了就是發生了，改變不了，但我慶幸自己依然能做到壞榜樣要做的，讓你看清楚了我這負面教材，我只希望你能避開我所走過的路，好好的活下去。」

「我還能避得了嗎？都已經發生了這麼多事了。」

「避得了呀，你不是在好好的活著嗎？只要還在活著，就能改變呀。」

「真老土，你說句對不起就可以了。」

「我確實是在道歉，我也很想跟你母親道歉。」

「不！」我喊道：「你做不到，她不會聽。」

我心裡激動，戴著手套的左手緊緊地攥成拳頭。

「就算不會聽，或聽不到，還是要道歉呀。然後好好地贖罪，這是我們唯一能做的。」

音樂響起了，我看著他，不知從哪個點開始，我的眼淚就止不住地流。父親的話沒有驚人的爆炸力，但卻像利刀一下下刺著我的心。

這也是為何我會想再一次跟他談談話，他其實在我生命中也是很重要的存在。

# 委託調查紀錄 六

半波從檀山市內乘車到一個叫井頭的地方，在尾站前下了車，然後徒步往一個村落處走。雖然是沒開闢的山野地區，但至少能有公車到達村口，已不算曲折。井頭離市區足有一個小時的車程，雖然在檀山這一個星期以來也感受不少景致帶來的青翠氣息，但當在這公車的路上他才真正有踏進了郊野大自然的感覺。

井頭只有疏落的住宅地，大部分地方都是種滿小麥的農田，在走進村路的小路上，不難發現有農夫在辛勞作業，加上日落時分全地染成黃金，好比一幅漂亮的水彩畫。

半波在井頭村的村口一邊問路一邊探索，樸素的民間鄉情平和得令他一時忘了這幾天的愁煩。賀倫的老家就在村裡，只是說起賀倫時，沒有一個人不露出嚴正的神色。

起初這位偵探先生認為可能是賀倫的惡行在老家也是有名，所以村民們都避之則吉，誰知真正讓他們嗤之以鼻的卻是賀倫的奶奶。

劉蓮是村裡出了名的巫婆，是個瞎眼的八十歲老人。她本是在村裡替人看相占卜的婦人，但因為作風古怪加上難以相處，所以村裡的人很少靠近。唯有一些迷信的人偶爾會來找她趨吉避凶。

不嗜風水的半波並不相信神佛，雖不抗拒跟這種人交談，但要他裝神弄鬼地扮迷信的人也是有點難過，但他也豁了出去。

在村民的引路下，半波從遠處已見到掛滿了白色的貝殼和靈符，用磚頭搭成的小屋在這裝飾下多了種神秘感，一時間有點難想像那個給人惡霸形象的賀倫是在這地方生活的。

半波本來禮貌的敲門，但還沒舉手門就打開，拿著拐杖的老婆婆好像知道半波在門外，她說：「進來吧。」

「婆婆你怎麼知道我在門外？莫非是神靈顯現?!」半波誇張地想要迎合氣氛。

「什麼神靈顯現，只是因為外邊地毯下面有個觸發器，踏上去我就聽到響聲而已，你有病嗎？」老婆婆恥笑著說。

「你來做什麼？」

「聽說婆婆你能替人看相？」

「你找我看相？」

「對啊。」

老婆婆不作聲，接著只是靜靜坐在半波前面，然後叫他伸出自己的右手。她用自己雙手在半波的手指頭上摸了一摸，「你手也很小。」

「關節高而平滑，看來你是個有條理和行動力的人，而且聰明機智，感覺敏銳。指節頭很長，即是語言表達力極佳，觀察力很強，不容易被騙。」

「光是看這兩點，就知道你人根本不迷信，而且邏輯力強，別撒謊了，你不是來看相的。」

沒想到這老婆婆只是摸了摸他的手，就把自己給拆穿了，不信占卜但卻被占卜說中了的感覺讓他鬱悶。

「婆婆你這麼說我也不知怎麼裝下去了。」半波索性坦白，「沒錯，我其實不是來看相的。」

「那山長水遠進來找一個瞎眼的阿婆，是為了賀倫吧？」

半波再次感到吃驚，「你又是怎麼知道的？」

「你以為這些年來找他的人少嗎？」

本是半波最常跟別人說的話，現在反過來讓他覺得這老婆婆深不可測。對著這種像懂法術的聰明人，半波也省下裝神弄鬼的心思，單刀直入地說：「我確實是想來問關於賀倫的事。」

「你是什麼人？警察？老師？還是偵探？」

「我真的不能不佩服老婆婆你了，我是偵探。」

「呵，我就知道。」

「為何呢？我的說話露出了什麼破綻了嗎？」

「相反，我就是聽不到你說什麼特別的才斷定你是偵探。」老婆婆說：「如果是警察，一進門就肯定迫不及待說自己是警察要對方警戒就範；如果是老師家訪也用不著撒謊直說就是了。會騙我是來看相但卻又是來找賀倫的，只有那些自以為自己裝神弄鬼就能騙全世界人的偵探。」

「看來老婆婆對偵探這職業很有意見呢……」

「偵探找我家賀倫做什麼？」

「恕我直言，我在調查一件案件跟賀倫或許有關係，如果婆婆你知道他目前的下落，我希望你能告訴我。」

「案件？」

「對的，一件三年前發生的案件，賀倫好像沒有回來有三年之久了吧？」

「我忘了，他本來就不怎麼回來。」劉蓮臉無表情的道。

「但我聽說他好像有寄信件回來是嗎？」

劉蓮睨了半波一眼，似是對他連這些也知道感覺驚訝，她問：「這你又是怎麼知道的？」

「賀倫從前的夥伴告訴我的。」半波說。

「他記錯了吧，賀倫那小子怎麼可能給我寄信。偵探先生你也有點不清醒，你看看我，我雙眼看不見的，怎麼可能讀信？你意思是賀倫明知我是瞎眼的也給我寫信嗎？」

「是的。」半波微笑回答，「雖然婆婆你看不見，但不代表你不可以找人讀信給你聽呀。」

劉蓮知道眼前這角色難纏，但她也沒有打算輕易地妥協，她直接回答說：「我沒收過什麼信，就算有，我為何要給你看？」

「我也沒意思要看他給你的信，我只想知道他現在身處何地而已。」

「我又為何要告訴你？」

「你沒辦法不告訴我啊。」半波淡定的說，劉蓮卻不理解這話的含意：「為何？」

「賀倫消失了接近三年，從前他就犯下眾多不同的案件，一直是警方通緝的對象。」半波這話也不假，賀倫要是沒逃，當年四人幫所犯下的惡行一定會被追究，他不可能獨善其身，所以他逃跑得合時，但亦代表他一回來肯定會有人抓他回去審判。

「那你這話也好笑，既然讓別人知道他的所在地會惹上這種麻煩，我又怎麼可能把他的地址告訴你？」

「可我不是警察呀！」

「嗯？」劉蓮疑惑起來，在等著半波的解釋。

半波語帶相關地說：「我要找到賀倫，非但不是要抓他，反而是要幫他，他準備要被控告的罪行，比起以往他所做的一切惡行還要嚴重得多。」

劉蓮面無表情地聽著，但神色明顯比剛才要凝重。

「他很可能是三年前涉嫌謀殺一名十七歲男生的在逃嫌疑犯。」半波冷峻的目光看著不安的劉蓮，這位老人家被謀殺這兩個字撼動了。

「你說什麼？謀殺？你說我孫子殺了人？」劉蓮有點激動，但半波不打算在這裡收口，「對，而且暫時的嫌疑人就只有他，如果不盡快把他找出來，很快他就會被正式通緝，到時候，你孫子一個人在外，或許抵受不住壓力，如果他想得通回來接受查問還好，我是怕他……」

「怕他什麼？」

「怕他想不通而自尋短見。」半波刻意地慢慢吐出最後四個字。

劉蓮撐起身子站了起來，喊道：「胡說八道！我的孫怎麼可能會殺人?!」

「婆婆先別激動，我也沒說人一定是他殺的，但我是這麼想沒有用，警方是否這麼想而不去捉拿他？那答案肯定是否定的。賀倫的性格我略有所聞，似乎不是那種會乖乖就範的類型，倘若事情發展到一發不可收拾的地步，你和我也該有心理準備他會幹出什麼事出來。」

劉蓮完全靜默了，好一會也發不出一句話。她緩緩的坐了下來，腦裡在思考著半波的話。偵探見老婦人有所動搖，知道成功在望，他壓低聲音說：「但如果我能早一步找到他，勸他回來接受調查，要是他是無辜的，警方和法庭肯定會給他一個公正的審判，這也是我想先一步找到他的原因。」

「慢著！」劉蓮突然喊道。

「你一個偵探，為何想要這麼做？誰派你來的？」

劉蓮果然是個聰明的看相師，雖然年紀一大把，但心思縝密得可怕。半波說：「賀倫跟我並沒有關係，我的委託人並不是託我找到賀倫，我需要尋找的，就是那個同樣失蹤了三年，在我看來生也等於死的那位男生。你該相信我的話，你也有三年沒見自己的孫子了。」

劉蓮其實一直知道賀倫憑空消失了三年，這孫甚至連道別也沒有就不見了。懂得看相占卜的她多次為賀倫算命，可每次的結果都讓她憂心不已。要不是她這副模樣不方便，連她自己也想聘私家偵探找到自己的孫子。

對，她根本不相信手上那封信是賀倫寄回來的。

「如果我告訴你也可以，但你要答應我一件事。」

「什麼事？」

「找到他，第一時間把他帶回來見我，無論他有沒有做過那些事，我都要見他。」

「明白，這一點我可以給你保證。」

劉蓮把從床下收在鐵罐裡的一封信交給了半波，可這封信上並沒有寫上賀倫的地址。

「婆婆這信沒有回郵地址啊？」

「他既然逃了就是不想被人找到，怎麼可能會把地址寫在信封上？」

「那……？」半波暗罵自己笨，怎會這麼簡單的事也想不到。

「看郵票。」

「啊，郵戳！」半波把信件上的郵戳看了個遍，發現蓋著有寄件地的印：「潭崗啊，婆婆你知道賀倫在潭崗的哪裡？」
「你再看看這封信。」
半波照著她的意思打開了大概三年前寄出的這封信，信裡只有普通的問候，並沒有什麼特別的訊息。
「沒有什麼特別呀。」
「你真是偵探嗎？怎麼腦筋一點都不靈活？」
被劉蓮這麼說，半波有點不服輸，他再仔細看了信件，但還是沒看出端倪。
「好了老婆婆，我投降了，你告訴我吧。」他無可奈何的說。
「不是叫你看信的內容，是信紙本身。」
「咦？信紙？」半波再次被劉蓮的話提醒，他摸了摸信的紙質，又放在鼻前嗅了一下。
「這是手工紙？」
「對，而且它甚至是沒有經機器剪裁的，你知道是為什麼吧？」
「這是從造紙廠直接拿來用的未完成紙?!」半波驚呼，原來這信件就透露著賀倫現在身處的就是潭崗這地方裡的造紙廠。
「我的天，婆婆你真不簡單啊！」半波心誠信服，沒想到他聰明一世，居然會被一個年過八十的老婆婆智商壓碾。

「記住你答應過我的話。」劉蓮在半波離開時，跟他再三的叮囑。

半波順利地獲得這條線索，但心情卻比之前要沉重，因為他知道事情愈接近真相就愈往他不擅長的領域上靠攏。

「鈴！」一個預想到會打來的電話暫時中斷了他的思緒。電話裡頭的是李若蘭，她的聲音依然冷酷：「半波先生。」

「啊，是蘭小姐，好久沒聽到你的聲音了。」

「我打來是想問你的調查情況，你好像沒有跟我匯報過。」

「啊，原來要匯報的？抱歉，我一直在東奔西跑的。」

「你現在在哪？」

「我？我還在檀山市內呢。」

「都一星期了，怎麼樣？」

「嗯……很難說清，不過有不少線索，目前正在全力的追查。」

「大概還要多久？王先生想知道你的狀況。你回來一趟吧，當面說一下目前進展。」

「現在回來嗎？」半波不太情願，他最怕做事到一半就被什麼給中斷了。

「是。」李若蘭的語氣完全沒有轉圜的餘地。

「不過我還有一個地方趕著去，那裡可能會讓整件事有突破性的進展，我能先去一趟再回來跟王先生匯報嗎？」

「如果你這麼說，好吧。」

「謝謝蘭小姐，你真是個好人呢。」

「別廢話了，就這樣吧。」

我嚥下了口水，提起手扭開了消毒過的門把。門沒鎖，他沒脫掉鞋子便進房子裡去。

莎拉聽到門聲，趕緊從廚房裡出來，看見我站在玄關，便掛上親切的笑容：

「你回來啦。」

我沒作聲，看見她還躊躇著應該帶什麼表情來面對，她見我目瞪口呆的樣子，便親切的迎了我進去。

這只是一所不到三百呎的房子，只有一房一廳，和一個勉強容納她工作的廚房。房間雖小，但說實話，兩口子住足夠好，且格局與配色明顯有精心布置過，能媲美陳列室的示範單位。

「快脫下外套吧，外邊冷麼？」

「不冷。」我聲音有點沙啞，因為我真的很緊張。

她幫忙脫掉我的外套，掛在餐椅上。餐桌旁是臥房，從打開了的房門看到裡面還沒拆封的紙皮箱。我沿著那方向掃視臥房旁的廚房，但她卻早一步把門給掩上。

其實她也不用掩飾，我又不是不知道。

「我倒杯水給你吧。」穿著圍裙的她看著我，關切的問道。

我坐在客廳的沙發上，感覺舒服得很不真實，雖然是十二月天，但房間裡依舊開著空調。

「餓了嗎？」莎拉端來了一杯溫水，放在茶几上。

「還沒。」我擤了擤鼻子說。我好久沒見莎拉，上一次是她在做實況的演出。自從她開設了自己的個人頻道，我在網上見她比真人還要多。

其實兩個月前我和她也有聊過，但那次時間太短了，加上她有工作的關係，沒聊得著什麼，所以我非常期待著今天的到來。

「如果餓了告訴我，飯都弄好了，翻熱一下就行了。」

「嗯。」

「今天工作忙嗎？」她屁股挨在沙發的柄上，我嗅出了讓人舒坦的香水味。

「還好，不算很忙。」我今天根本沒上班，偷偷的請了病假，為的是遷就莎拉的時間。

「工作就算怎麼忙也記得要準時吃飯啊，你瘦了。」

「跟兩個月前分別很大？」

「是有點，不過精神倒是好了些呢。」

「是嗎？」我不確定，我沒去思考自己有哪方面的進步，但最近我的睡眠質素是有些改善，雖然一週裡也仍舊有幾晚失眠，但至少像昨晚我就睡得不錯。

「看到你狀態有回來我就放心了。」她說。

可能因為我沒有回話，心不在焉的臉被她發現，「你怎麼一直盯著我看，我臉上有東西嗎？」

「不……不是。」我感到難為情，馬上別過了臉。莎拉還是那麼的迷人和吸睛，我本來想讚美她，但想了想覺得猥褻了，就沒敢說出口來。

莎拉她看起來還是很年輕，雖然已經三十出頭了，但皮膚保養得宜，淺淡的妝容也沒流露歲月的痕跡。我沒說自己很了解她，但她用什麼品牌的護膚品和喜好的香水之類都能記住。

「那我呢？」莎拉問我：「我跟兩個月前有什麼分別嗎？」

我拚命的搖頭。

「真的？」她雙手放在背後，我才留意她今晚穿得格外可愛；黑紅色的格子短裙配襯著乳白色的絲襪，長髮及肩的她露出一雙戴著星形耳環的耳朵。她一舉手一投足也像個剛成年的少女，奇怪是這些動作她做出來依然沒有些許違和，反而真有種青春的氣息。

可能她也知道自己年紀比我要大上好幾歲，為了讓我們看起來登對一點，她把自己打扮得更為年輕。

對於她有為每一個約會都悉心打扮和設想，我覺得很滿足。

「不過我穿成這樣卻待在室內太悶了，下次我們約出去好嗎？」她說。

「出去？方便嗎？」我問。

「方便啊，出去走走，去海邊好，或者去公園也好。」

「海邊啊……」我腦海馬上閃現出那張圖畫，美得讓我離不開那幻想。

「那就這麼決定，下一次我們去海邊玩。」她雀躍的說，我也感到興奮，如果這真的會發生就好了。

「你今天一整天做了什麼？」我隨口問。

「可忙著了，中午去了市場買菜回來後就一直在廚房準備，為了讓你能吃到滿意的晚餐，我這次可真是豁了出去啊，我保證這次絕對能洗掉我那地獄廚神之名。」

「地獄廚神……」這別名是十年前別人替她改的，那時候的她煮個泡麵都可以糊掉。

「喂！別用這種懷疑的眼神好嗎？今時不同往日了，這晚餐可是費了我很多心思的。」她嘛起嘴說。

「那我很期待！」我慌忙答道。

「你工作這麼辛苦，我一直都希望自己能煮得一手好菜，那樣你每天回家至少能吃頓好飯。」

我有點感動，盡量不去想她說的是否真心話。我看著她那雙清澈的明眸，感觸的說：「能有像你這樣的老婆真好。」

「嘻，你會想娶我回去當老婆是吧？」她眨眨眼，機靈的說。

「這可是我夢寐以求的事情。」

我被她那迷人的笑容觸動，內心澎湃的感覺讓我想要抱緊她，但我知道自己做不出來，我沒勇氣去這麼做。

「你去洗把臉吧，我去準備晚飯，很快能吃的。」莎拉微笑，然後逕自走進了掩上門的廚房。

我走進了廁所，關上門並扭開了水龍頭，用水抹了把臉，然後從鏡子中看著自己。

我依舊是我，鏡子中我的容貌縱然跟三年前不再一樣，但我的內心卻沒有起太大的變化。我依然記起那些事，依然做著嚇人的惡夢。當初為了能讓自己好好睡上一覺而做的決定，雖然一步一步在引導著我尋求改變，但最終我能得著的究竟是什麼？

客觀的環境因素無法改變，我明白我需要調整的是心態，但我並不是器皿，很難做到隨時扭曲自己的人格和個性。

但那又怎樣呢？我根本毫無選擇，如今只能繼續見步行步，除了信任，我並無其他可以依賴的東西。

我深深吸了口氣，然後慢慢呼了出來，他們教我腹式呼吸的方法，每當感到緊張的時候，嘗試用這種呼吸法能讓自己放鬆一點。

「親愛的，吃飯啦。」洗手間外傳來莎拉溫柔的聲音。

「我出來了。」

別想了，一切都會好起來的，至少我能見到莎拉，我要相信這一定都會好起來的。

我帶著笑容離開洗手間，隨即嗅到了一陣食物的香味，莎拉從廚房處捧著盤子出來，把幾碟小菜放在餐桌上。

我看了下，有糖醋排骨、燜豬軟骨、番茄粉絲大蝦，還有蜜糖雞翼及滷水拼盤，全都是我喜歡吃的東西。

「還有個麵豉湯。」莎拉向我拋了個媚眼，這張臉是百看不厭。

「沒想到全都是我愛吃的東西。」我說。在我很小的時候，母親還沒忙得連家也歸不得的那段回憶，她常給我做這些菜。

「那是當然啊。」

「那我們一起吃吧。」我說。

「啊，不不，你吃，我弄給你吃的。」

「咦？你不吃嗎？」我不解的問。

莎拉笑著搖搖頭，捏了一下自己肚上的肉，「最近我節食，不想長胖了。」

「胖？你這哪裡胖呀？」

「年紀開始大新陳代謝變慢了，現在我晚上都不吃。」

「但你很瘦呀，我沒看出來哪裡胖了。」我真心的說，無論是親眼見她還是在電視裡看她都一樣窈窕。

「你們男人看到的跟女人看到的不一樣。」

「會不一樣嗎？我記得你的腰圍是二十五吋？」

「是二十三吋半。」她馬上糾正：「我胖在你看不到的地方。」

「看不到的地方……？」我嚥口水，怕做錯事般偷偷瞟了一眼她的胸口。

「例如我的脂肪肝。」她開玩笑。

「不應太在意外表。」

「會有女生不在意外表嗎？」她笑說，然後催促我：「別說了，快點坐下吃吧，冷了就不好吃。」

我把眼光放到桌上去，整檯的美食卻只有我一個人吃，感覺有點寂寞。我坐下並拿起筷子吃起來，菜是溫的，可能放了有一段時間，但味道很好，比得上外邊餐廳吃的質素。

莎拉在我旁邊坐下，看了下牆上的鐘，時間剛好八點整。

「合胃口嗎？」她問。

「嗯，很好吃。」

「有從地獄廚神變天使廚神了嗎？」

「有，真的有。」我盛讚，但我猜這也不真的是她煮的，但也無所謂。

「你真的不吃？」我再次問，她卻搖搖頭。

「那真可惜，我以為我們能一起吃頓飯呢。」

「抱歉呢，讓你失望，而且我今天也不太舒服。」

「不舒服嗎？」我看著她摸了摸自己的肚子。

「胃有點痛，所以沒什麼胃口。」

「啊，沒事嗎？」

「沒事，女人病。」她苦笑。

我點點頭，覺得這也無可奈何，「那我就自己吃吧。」

原來的兩人浪漫的晚餐變成獨腳戲，整個意義感覺有點變味，但好歹能和莎拉好好說話，也沒什麼好抱怨的。吃過後，我本想要幫忙收拾，但莎拉卻阻止了我，「不用啦，放著就好了。」

「來這邊坐，我們看看電視吧。」她用遙控器把電視打開，拉著我過去客廳坐，我們並肩坐在沙發上。這張沙發很小，如果是幾年前的我大概一個人就能霸占兩個座位。如今她就坐在我旁邊，左臂碰觸到我的感覺讓我不由得心跳加速。

電視正放著新聞，但調了靜音，從標題看出了是在說某王姓富商撥了兩百萬元給基層購買日用品，沒想到還會有這種佛心的善長仁翁。

「這位王翁真是有心呢，居然在這種環境會無私地奉獻。」莎拉說。

「兩百萬對他來說可能只是小數目。」我說。

「是這樣沒錯，但人愈有錢反而愈吝嗇，他能做到這分上也不簡單啊。」

「也是。」其實我的心思都沒有在電視的畫面中。

有時候我也會想，如果和心愛的人一起生活，大概就是現在這回事吧。一起吃飯，兩個人一起做些什麼事情，簡單如看看電視，或者聊聊天，感覺就已經很幸福。

我從小都憧憬著一家人或者跟心愛的人一起的感覺，我希望有自己的一個家，但不知自何時開始這個憧憬變得像妄想，所以現在的莎拉伴在我身旁的感覺其實是既真實又虛無縹緲。

「在想什麼啊？」她轉頭看我，空氣中彌漫著我想要永久保存這一刻的渴望。

「沒有，只是覺得現在這份感覺很古怪。」我讀出了自己的真心。

「你常常都這麼感性嗎？」她問我。

「我？感性？」

「總是帶著懷疑的目光去看世界一樣。」

我不懂回應，思考著她這句話。

莎拉的手忽然疊在我的手背上，溫暖的感覺刺激著我每吋肌膚，我放大了的瞳孔凝視著她，她也目不轉睛的看著我。

「我其實懂你的感覺。」她的聲音傳來耳裡，我做不出反應。

「其實在好久之前我也是這樣，特別你知道我的工作，很多時候都要戴著一個假面具去做人。久而久之我也不知道自己究竟是誰，好像每天都必須虛假的生活，我跳不出那個框架，無法讓人看到真實的自己。」

她捋了捋頭髮，又說：「你知道我是怎麼平衡自己這份情緒嗎？」

我給了個否定的表情。

「我在網上用別的身分跟人交朋友，用最真實的自己去跟人聊天，去找回自己。自己扮演自己去把真實的自己活出來，這方法讓我心理好過了很多。有時候我甚至會素著顏去用這身分走出去接觸人，為了平衡那份不平衡，你懂我意思嗎？」

「大概……」

「我不知道你是怎麼想我的，也許覺得我只是為了工作，也許覺得我是不在乎，但我想說這是錯的。今天在這裡我們一起坐著，我是在用我那最真實的自己跟你說話的，這是真的，那些菜也真的是我煮的啊。」

我的心被她這句話擊中，鼻子一酸，嘴巴也在顫抖。

她說得對，我不知從什麼時候開始，就帶著懷疑的眼光去看所有事情，我不信任任何人，甚至自己眼睛看到的東西也不敢相信。

是我自己孤立了我自己，我為了保護自己不讓任何東西傷害我，但最終我只是在抗拒任何人為我帶來轉變。

「給自己多點信心，好嗎？」莎拉看著我，淡妝下的她沒有平時見到她那種冷豔感，卻是親和得像我的家人。

空氣中瀰漫著靜寂的尷尬感，莎拉抓起我的手，似是而非的看著掌上的紋路，我耳朵發熱地問：「你在看什麼了？」

「掌紋。」

「從不知道你會看相。」

「就有時無聊看看而已，我看你的事業線像條蛇一樣呢。」

「那代表什麼？」

「嗯……」她想了想，我在一旁期待著她的答案。

「代表工作有如浪裡行舟，不夠安穩。」她說，不像是翻閱過網站才回答的模樣。

「只是工作嗎？」我苦笑，雖然不信風水命相，但我確實自小就沒有真正的安穩過。

「不過將來會好的，因為你的姻緣線很好啊，你老婆一定能替你轉運的。」

「不會吧。」我自嘲，「如果是這樣，那我老婆鐵定變得倒楣了。」

「你怎能這麼說呢？這不是在詛咒我嗎？」她瞪著我。

「你？」我頓住。

「對呀，剛才你不是說很想娶我當老婆？原來只是隨口說說？」

「不是的，我沒有亂說。」我慌忙答道。

「我可生氣了。」

她裝作生氣的表情讓我茫然無措，這不是我能力範圍能處理的事情。

「騙你的啦。」她一秒變回笑臉，那可愛的樣子讓我不能把目光從她身上移開。她的手依舊在我僵硬的手背上，我鼓起了勇氣，用盡所有勇氣去摟住她的肩，我本以為她會下意識推開我，誰知她卻順勢靠在我胸前。我嗅到她洗髮乳傳出的香氣，血脈跳動得像匹野馬。

「你怎麼這麼緊張？」她聽到我的心跳便問。

我無法掩飾：「我還沒這……經驗。」

「不用怕。」她說，然後挺起身看著我。

我倆就這麼互相對望，她緩緩的合上了眼睛，頭也慢慢的向我這邊傾側。

我那狂躍不止的心跳差點能奏出樂章，如磐石般的身體像裝了心臟起搏器般顫動著。她那雙唇像能發出聲音般等候著我的回應，這是我夢寐以求的事情，這是我不可能抗拒的事情……

我配嗎？

心裡的聲音瞬間暈開。就算不去想她是否出於真心，但我這種人值得讓她如此對待嗎？

我不配，無論這是真還是假的，我都不配。

我沒信心自己做出這種舉動後還能如何面對，說到底我也只是個懦弱得連自己也看不起的小角色。

「怎麼嘛，搞得我像很沒魅力一樣。」這句話在我腦裡還在掙扎的時候從她口中吐了出來。她的雙眸已睜開，身體也像隔開了一公里遠。在我拚命的想要做出舉動時，那曖昧的氣氛如鬼魅般說散就散。是的，一如所料我錯失了。

「對不起……」我很失望，對質疑的自己失望，對猶豫的自己失望。

「下次吧。」她依舊帶著笑容，但我感覺到她的鬱悶。

「你要吃水果嗎？」她站了起來，似是隨便找個話題結束這個困境。

我隨口說了聲「好」，她就再次走進了廚房。

也許我又不自覺地做了些無可挽回的事情吧，我的人生總是這樣，窩囊得教任何人吃驚。

這份自責又難過的心情影響著我，眼看時鐘還沒到九點，便從沙發上起來。我穿起了莎拉替我掛在餐椅上的外套，想要往玄關處走去。

不，我是想逃去。

在廚房端著一碟切好的蘋果出來的莎拉，見到我想要離開的樣子，吃驚地問我：「你要去哪了？」

「我見時間也差不多了。」

她看看牆上的鐘，「真的嗎？」

我點頭，看著剛束起頭髮、表情疑惑的她：「謝謝你，這一頓飯我很滿足。」莎拉勉強擠出應有的笑容：「一定是我做得不好，才讓你興致減退了。」

「不不，沒那回事，我能見到你真的很開心。」我說：「但我知道我再待下去只會剩下尷尬而已。」

她默言。

我不想把最後留下的自尊心撕破，不想這份尷尬再持續發酵。我一臉苦澀地走向門口處，再次扭動門把。

她盡力了，我看得出她想盡量給我窩心的感覺。但沒用的，我根本不知道該再用什麼樣的表情面對她。

「賀倫！」莎拉喊我，聲線變得實而有力。

我聽到叫喊，把頭轉回去看她，卻發現她已經站在我跟前，如武器般的嘴唇在我沒防備時襲擊我。

我雙眼瞪大得要把眼球整顆跌下，她兩片柔軟紅唇所帶來的觸感就像電擊，在離開我的那一瞬，我的心臟也像被她一同扯走似的。

她向我報以微笑，用那我可能這輩子都無法忘記的聲音說：「別氣餒，不要這麼輕言就放棄了。」

我呆若木雞地站著，空白一片的腦袋被她塗滿了粉紅色，我只知自己扔出了一句：「為何？」

她把手又放於身後，躊躇了兩秒鐘，「就當是我給你努力的獎勵吧。」

九時整了，這時房間裡響起了一段音樂，既不是電視發出來的，也不是手機鈴聲。

她那站在玄關的身影與甜美的臉烙印在我腦海中，直到那扇冰冷的門緩慢地關上並發出「咔嚓」一聲後，我都沒能從震撼中平復過來。

我的錄音

我沒有紙筆，就直接用手機錄下來了，這段話放上了網路，設了我自己私人可預覽，並且預設如果我不調整，會在十天後公開這段錄音。嘛，小心駛得萬年船，是我爸爸教我的。

今天是十二月六日，我憑著那位老婆婆給我線索，終於在三天前找到了她的孫子賀倫。

事先聲明，我是帶著可能會遭到襲擊的心理準備而去接觸他的，因為在我的調查進程中，很明顯知道趙名韋的失蹤跟賀倫是有不可劃分的連帶關係，我是為了證實這一點而來的，而這也意味著這位叫賀倫的人，是導致目標失蹤的關鍵人物。

如果這段錄音公開了，亦即是代表我沒能把這事件的來龍去脈親自說明，或甚至是我已經遭遇到不測，那請你馬上報警並把這位身在潭崗造紙廠叫賀倫的人抓住吧，下面我會說明我的詳細分析。並務必仔細聽我以下的內容。

我見到賀倫了。

是的，如他的婆婆所提供的線索，我是在潭崗的造紙廠找到他的，而且也跟附近一些人確認過。跟傳聞中的一樣，他個子不算高但真的長得又壯又充滿危險性，就是從遠處都能感覺到他是生人勿近的氣勢。他似乎目前是一個人住的，就在工廠附近的小區，租了個大約一百呎左右的單位。我跟蹤他有三天，期間他都是工作和家裡兩處走，除了有一天下班他去了個裝潢得滿有趣的地方，但只逗留了一個多小時就回去了。

我一直在思考該用什麼樣的身分去接觸他才不會打草驚蛇，但以我這幾天的觀察，除非有什麼突如其來的事情讓他露出破綻，不然他大概只會不斷重複這三天像倒模一樣的行程。於是，我替自己製造了一個機會。

我把一張照片連同一個特製的信封寄去了他工廠處，直接由他的同事交給他。那是我複印出來三E班的合照，我還在上面用紅色筆圈著站在前排的趙名韋。

我原以為他應該比我想像中要淡定，但他出奇的大反應卻證實了我的論點。他自收到那張相片後就露出過分的不安，不論是上班時心不在焉，下班後也顯得十分警戒。

如果我沒推論錯誤，趙名韋的失蹤是他造成的，也是他要逃走來這裡的主要原因。但我比較奇怪的是他並沒有改姓埋名，想不透他為何繼續用賀倫這名字。

那張照片後面還寫下了一個地址，我約了他下班後在工廠後面的空地見面。

是的，我還是需要親自去接觸他，無論他是多危險的人，我都需要跟他直接對話來套取線索。現在回想起來我的確有點魯莽，我應該保守一點，但現在後悔可能有點太遲了。

我把整個見面的過程都錄了音並剪輯了，而且也設置了自動上傳，以防我有什麼不測也能有個紀錄。

「你說你是誰派來的？」

「我的委託人。」

「我意思是你的委託人是誰？」

「抱歉但我不能說。」

「那這張照片誰給你的？」

「白壁高中，即是你從前的學校裡拿的。」

「那你是怎麼找到我的？我沒有把自己的行蹤告訴任何人。」

「但你有寫信給你婆婆，不是嗎？」

「你找我婆婆了？」

「是的，而且也是她告訴我你在這裡。」

「怎麼會，我沒把地址告訴她。」

「反正她是個聰明的老人，我也是憑著這線索找到這裡來的。」
「……那你找我想做什麼？」
「就是為了趙名韋，我是為打探他的下落而來的。」
「那就奇了，你找的是趙名韋，跟我有什麼關係？」
「根據我的調查，趙名韋跟你一樣，三年前就忽然消失了。所以我想你也許會知道他的下落？」
「真是荒謬，他消失了關我什麼事？我怎麼會知道他在哪？」
「主要是太巧合了，你們一起離開的時間太吻合，所以才想你會不會知道實情，或者是不是你們一起行動的？」
「別亂猜好嗎？我根本跟他不熟，他在哪裡、去了哪裡我都不知道，別白費心機了。」
「能請問一下你三年前為何忽然離開了嗎？」
「我幹嘛要回答你？你是警察？」
「要是我是警察，你應該在警察局裡。」
「那既然你不是警察，我沒義務要回答你什麼。」
「該不會趙名韋的失蹤是你造成的吧？」

「別跟我來這一套，你說你做了調查，那該清楚我是誰吧。」

「你叫賀倫，外號九指，是出了名的流氓頭目，不過你當時的手下全都被抓去坐牢了，你知道嗎？」

「不知道，也沒興趣知道。如果你有證據就拿出來，沒有就滾吧，趁我動手之前。」

「喂，這麼快就想走了？你不想知道我的推論嗎？」

「……」

「在我看來，趙名韋不是失蹤了，他是死了，也許是自殺，也許是被什麼人殺了，反正已經不存在世上。」

「跟我無關。」

「但在我看來這跟你絕對有關。」

「你想說我是殺人兇手嗎？」

「確實如果真的找到他的屍體，你脫不了嫌疑。」

「那你儘管找吧，無論是一個人，還是一條屍。」

錄音到這裡就結束了，因為他頭也不回走掉了。我本想再去找他，但第二天他並沒有上班。如果他是兇手，他很可能會再次逃跑吧？

但就算他逃跑我也能找到他的，因為我做了些手腳。我慶幸我沒帶來什麼決定性的證據，不然我不可能像現在安然的坐在旅館裡把事情都記下來。

唯今之計，只能像他那麼說，把趙名韋找出來，無論是生是死，這是我能揪住他尾巴的唯一方法。

半波把寫在記事本的內容都簡單複述了一遍，王思鐸深鎖的眉頭絲毫沒有鬆開，語氣更是變得沉重。

「趙萍死了？而且還是自殺的？」

「嗯，是在三年前。」半波說，他覺得很可疑。

「三年前？那不是她寄信的時候嗎？」

「嗯，可能就是寄完信沒多久就自殺了。」

王思鐸嘆了口氣，他記起了趙萍的樣子，當時的她確實是擁有能顛倒眾生的外表，別說他哥哥王展拜倒在她的裙下，其實王思鐸自己也曾被她的氣質吸引過。

半波接著說：「趙萍自離開王展先生後，就生下了趙名韋，並一直在檀山市裡生活，幾年前的她是在一間洗衣店裡當員工。」

「真沒想到，明明是她寄信給大哥告訴私生子的事，卻自己跑去自殺了。」

半波本想說她的死不也是你大哥間接做成嗎，但覺得不太禮貌就沒說出口。

「所以還是沒找到趙名韋的下落，但你說不是完全沒收穫是什麼意思？」他問，他坐在書房的椅子上，門緊緊的閉上。

「我找到了一個人，叫賀倫，他很有機會掌握了趙名韋的下落。」

「真的？他是誰？」

「一個跟趙名韋當年同班的學生。」

「那他現在在哪裡？」

「在潭崗，但他似乎不太合作。」

「那該怎麼辦？」

「我會想辦法的，看看能不能從他的嘴裡把事情挖出來。」

「如果依你剛才的說法，這個人很有可能是讓趙名韋失蹤的人啊！」

「雖然暫時只是我的推測，但能如此巧合地跟趙名韋一起消失了行蹤，我覺得這可能性相當大。」半波想了想：「大概高於百分之七十，不，也許有八十。」

「什麼七十八十的，你就這麼回來，不怕他逃跑了？」

「我可只是個偵探，不是警察呢，難不成我要抓住他然後禁錮他嗎？」半波攤開手：「我可沒有辦法呢。」

「嘖，你最好禱告他沒有跑掉，我想問清一件事情。」

「什麼事呢？」

王思鐸低吟說：「趙名韋……有被殺的可能？」

「有啊。」半波不用半秒就回答了，王思鐸吃驚地說：「你這麼快就答了？」

「因為這推斷最為合理呀。」半波道。

「我知道……不然一個人不可能憑空消失得這麼久。」

「主因是他消失的時間點。」

「你指跟那個叫賀倫的人同一時間消失的事？」王思鐸垮著一張臉問。

「這固然是其中一個因素，但我認為最大的原因，是他拋棄了自己的母親。」

「哦？」

「這只要客觀地去想這件事就行了。趙名韋是王展先生和情人一起生的私生子，自趙萍懷著孩子離開之後，趙名韋唯一的親人就是他的母親。而趙萍是三年前自殺的，時間上趙名韋失蹤時比母親自殺還要早。」

半波直視著王思鐸：「即是他在母親還健在時消失了。」

「這算是什麼原因？」

「他跟母親可算是相依為命，忽然無理由地拋下母親離開了不合理。再加上他消失時還沒畢業，有什麼事讓他要拋下一切離開一直待的老家？我沒想到比死亡以外更有說服力的答案。」
王思鐸完全明白半波所說，他點點頭，臉色非常難看：「要是這樣就真的糟了。」
半波並沒有好奇，但還是說出了話：「因為王展先生嗎？」
「你知道為何是我來見你，而不是我哥來見你嗎？」
「不知道呢，這也是我想問的問題。」
「他情況惡化了，現在在醫院。因為我不想我哥知道這壞消息，你知道我意思嗎？」
「嗯，大概想像到。」半波點頭。確實如果王展知道自己第二個孩子也被殺掉，這對他來說的打擊可能不小。
雖然這孩子他這輩子都沒見過一眼。
「自從我的姪女，即是王奈，在五年前去世後，大哥他就消沉得厲害，以往你也可能見到他會出席些什麼聚會，但那次之後他基本上足不出戶，連公司都不去。近兩年身體愈發變差甚至要長期躺在病床。三年前趙萍的來信，坦白說，給了我哥一個很大的鼓舞。」
「因為有人繼後？」

「我猜你會這麼想，一般人也肯定這麼估計，但其實不是。」王思鐸說：「他想念的是趙萍。」

「啊。」半波驚呼：「王展先生想找的不是趙名韋，而是趙萍嗎?!」

王思鐸點頭：「他其實沒忘掉趙萍。」

「這……」半波有點疑惑：「那為何他不直接叫我找趙萍？」

「那封信你不是有看嗎？」

「趙萍寫的那封信？」

「對啊，難不成你看不出趙萍對大哥他心存怨恨嗎？」

「原來如此，那我明白了。」半波終於知道了答案：「我其實一直有個疑問，沒有去問王展先生，就是明明三年前已經收到信，為何要等一年後才派人去找趙名韋。」

「在那一年我哥他有不斷寫信給趙萍，但那女人完全沒有回信。加上那時間我哥他身體欠佳，這樣拖著就過了一年。之後再派人找她下落時，就怎麼也找不著。」

「那時趙萍已經自殺了。」

「現在想起來，這時間就吻合了。」

「但就算如此，我也照樣得把趙名韋的下落查清，是吧？」
「當然，這是他給你的委託，況且他是大哥與趙萍所生的孩子，在情在理也要把他給找出來。」
「所以我沒法親自跟王展先生匯報了。」半波說。
「先繼續查吧，有答案再跟他說。」王思鐸神情黯淡。
「他情況樂觀嗎？」
「還好，但也不關你的事，你只管去查你要查的東西就行，其他別多問了。」
「喔。」半波感到沒趣。
交代過了後，半波走出了書房，本被命令立刻離開，但在下樓梯時碰巧看到上次那位女看護從王展的房間走出來，半波記得她好像叫素素。她看到半波，眼神有點奇怪，似是想跟他說話但又說不出口似的。當半波想開口時，那女孩就逕自往屋的外邊走去。半波看著她的身影良久，直到背後有人拍他的肩膀，才猛然警醒回頭。
「你站在這裡做什麼？」
「啊，蘭小姐！」拍他的是李若蘭，王展家裡的管家。
「已經完了嗎？」李若蘭看了一眼半波，又把眼光向樓上的書房一睨：「剛跟小王先生報告了嗎？」

「對呢，為何蘭小姐你不一起聽？」

「我為何要聽？人找到了嗎？」她漠然道。

「那倒沒有，但我覺得距離找到的日子不遠了。」

「你趕快吧。」她別過了面，讓半波感到事有蹊蹺。

「蘭小姐，王展先生他……還好嗎？」半波突然問起這屋的主人，讓李若蘭有點不知所措，她問：「怎麼忽然問起王先生了？」

「我好奇而已，因為沒能親自跟他匯報情況。」

李若蘭吸了口氣，然後放了一個不在乎的表情在臉上，她說：「你別想太多了，他的病情是有點反覆，所以直接待在醫院比較安心。」

「原來如此。」

「蘭小姐，我還有個問題想問。」半波想轉個話題，李若蘭看不懂他想要問什麼。

「什麼事？有事快說，我還要處理些事情。」

「上次我見到在王展先生旁邊出入的女看護，就是年輕且很有氣質的那位，是你的女兒嗎？」

「誒？」李若蘭吃驚的看著半波，完全沒想到他會問起這回事。

「你說什麼？」

「不是嗎？但我感覺你們很像。」

「你究竟在胡說什麼？別再說這種無聊事，趕緊去完成你的任務吧。」李若蘭雙耳通紅的，半波不用想也知道自己說中了實情。

他之所以會這麼懷疑，除了外表和氣質有些相似感，主要是這個家給他的感覺。

這次雖然只是第二次進來，但半波就沒怎麼看到閒人。這麼大的一所房子，除了王展和王思鐸，就只有蘭小姐和那個女看護。雖然不能斷章取義地推論家裡沒有其他人，但從蘭小姐表現的那種謹慎態度來看，家裡似乎只安插了讓王展絕對信任的人。

女看護的年紀看起來不過二十出頭左右，絕不是那種有經驗的醫生或護士。能如此接近地自由出入王展的病房，除了是這家裡有特別關係的人，半波不覺得還有其他可能。

「還沒看夠？」李若蘭不客氣的說。

「看夠了，那我先走了。」

「有什麼消息馬上跟我聯絡。」她叮囑說。

半波離開了王宅，頓時感到壓力山大，雖然知道要繼續追查下去，就必須要有新的線索，但偏偏目前一切都進入了死衚衕。

就算明知那個叫賀倫的傢伙就是一切真相的瓶蓋，但目前就是找不到讓他開口的開瓶器。

「噓。」忽然，半波身後傳來了一把聲音，當他回頭一看時，居然是剛說起的女看護素素，她正跟半波招手。

帶著疑問的半波急步走到她前面，素素馬上給半波遞來了一份資料：「給你。」

「這是？」

「你要找趙名韋對吧？這裡有他從前的一份住院紀錄。」她說。

「什麼？你怎麼得來這東西的？」

「你別問，我不能答。總之如果你想找到他的下落，這可能是幫到你的一份資料。」她說完，想要轉身離開。

「慢著！你為何要幫我啊？」

叫素素的女生停下來，回頭看他：「我只是跟你一樣，想要把趙名韋找出來的人而已。」

她沒有再管半波的叫喊，直接消失在他眼前。她這番話成為了解開半波思想誤區的一支鑰匙，他知道原來這家裡有其他人在找尋目標，也同時不想他找到目標。

他翻開了那份資料，大部分都是他已經查到的，甚至沒有他知道的多，唯獨是素素說的住院紀錄，是引領半波前方去路的一盞明燈。

至於她為何要偷偷給他這份資料？這資料又是哪裡來的？半波現在怎麼想都想不出個所以然來。

再次乘上了往檀山的火車，這回半波已沒有了第一次來時那種半出差半旅遊的優閒步伐，相反是心情一直緊繃著，不發一言地看著窗外快速掠過的風景。

那所醫院坐落在檀山市的東邊，剛好是之前中山道洗衣店的反方向。

半波待火車到站後，沒有再考慮徒步前去，馬上登上了一輛黑色的計程車，那司機是檀山人，一見到半波就熱情的打起招呼：「歡迎來檀山，旅遊嗎？」

「我來公幹的。」

「公幹也好啊，檀山很多好看的地方，我給你名片，之後有需要找我，我帶你四處轉轉。」司機遞給了偵探先生自己的名片。

「謝謝，能不能帶去這所醫院？」半波把醫院的地址說了給司機知道。

「檀山醫院嗎？」

「似乎不是，我看看，這報告上寫的是中央公民醫院。」

「讓我看看。」計程車並沒有先進的導航儀器，但奇怪是司機似乎也沒聽說過這所醫院。

他翻了翻地圖，喃喃自語說：「地址上說的千龍道應該是地圖的東邊這條街，這我知道，那邊有個公園也算有名，原來那裡也有所醫院嗎？」

「我也不知道呢。」

「那我也照樣載你去看看，可能我沒留意而已。」司機說，然後拉下了座位旁的手煞車。

雖然是有點古怪，但司機把半波載到那醫院的地址時，卻發現那所謂的醫院其實只是一所兩層高的小療養院。半波把車費給了司機後，就下車走到建築前。圍欄是關上的，他想要推開但卻發現上了鎖。他兜了個圈想要找其他入口但卻沒有發現，在回到圍欄時又找不到可以按門鈴的地方，十分怪異。

在他思忖是不是要爬進去時，建築裡走出來一個女人，看那束起來半黑半白的頭髮，應該比半波年紀稍大。他對著那女人喊道：「不好意思！能不能請教你一下？」

那女人起初聽見聲音看過來，還注意不到半波，但當他猛地揮動雙手時，戴著眼鏡的女人終於發現。她下了樓梯走向圍欄，似是疑惑的問：「什麼事？」

半波見她穿得整齊得體，但略為花俏，猜想對方可能是裡面的職員，他問：「請問這裡是中央公民醫院嗎？」

「哦，你探病？」

「不是，是有些事。」

「不是探病，那這裡不招待其他人。」那女人想轉頭就走，但半波馬上叫住她說：「且慢，這位小姐，是這樣的，其實我……」

他想了半秒，腦筋快速運轉，嘴巴比腦袋還要快地反應出了一句：「我是想住院。」

「住院？你？」那女人用手托了托眼鏡，不解的問。

「對，朋友介紹。」

「你有什麼情況？」

半波馬上注視到那姓莊的女人胸前掛著的證件，那些小字上寫著矯形及創傷科。矯形？半波皺眉。

「我……我的腿，我長短腿。」半波回答。

「你長短腿？」那女人望著他雙腿，似是不相信的模樣。

「別看我這樣，其實跟普通人沒分別。我遇過意外傷了骨，所以就變長短腳了，能檢查下嗎？」

「哦。」年近半百的女人似乎沒再糾結，從裡面開了鎖，讓半波走進來。

半波跟著她走進了那幢建築，這才見到裡面的復健人員及一些病患。他本以為趙名韋是因為什麼原因曾經住院，但現在看起來，他是受了什麼傷後來到這裡矯形和復健。

但他剛撒了個謊聲稱自己想入院檢查，現在才說自己真正用意就太奇怪了，唯有再找個機會用別的方向套問出趙名韋的事情。

跟著那位莊小姐走進了登記處後，聽見對方把自己派了給坐在櫃檯的女生，看她一身白衣的裝扮應是這裡的護士。

「表……表格在哪裡？」半波聽到那護士問莊女士。

「在第二個抽屜裡，記緊了。」莊女士說，然後她回頭面向半波：「你登記一下你的個人資料吧，稍後姑娘會安排的了。」

她說完便逕自走出了房間，看那新來的護士唯唯諾諾的神色，半波知道她應該是醫院裡的行政人員或者負責人。

護士找到了表格後，就遞給了半波：「先生請你填寫一下你的資料。」

半波接了過去，靈機一動說：「小姐，我想問你一件事情。」
「要筆的話在那邊的小桌子上有。」
「不，我想說我曾經在這裡住過。」
「哦？舊病患嗎？」
「對，我之前在這裡做過復健，系統應該有我的資料。」
「這樣啊……你身分證給我一下看看？」那女護士想要翻查紀錄。
「我剛好沒帶身分證，我有之前這裡的住院紀錄的，編號是2594223。」半波把趙名韋的那份住院紀錄上的號碼說了出來。
她在電腦前把編號輸入：「你是趙名韋？」
「對。」
那護士站了起來，看著半波：「你今年幾歲啊？」
「二十呀。」半波向她微笑。
「真的嗎？」那護士半信半疑，但卻沒有多問。半波深知他這模樣通常都能在其他人前面掩飾年紀。
「那你這次是什麼原因要住進來？」
「也是，你知道的，就舊患。」

「舊患？」護士看了看螢幕：「你四年前前臂筋腱撕裂了，在這裡做了復健，現在又什麼問題？」

筋腱撕裂？那也跟最初預想的沒有偏離太遠，還是因為受到什麼傷害而受傷。

「我這左手不知是不是復健那時候沒有聽醫生話，所以好像有後遺症，一到下雨天關節就痛得要緊。」

「左手？你之前弄傷的地方不是右手嗎？」她說，半波裝傻說：「啊，原來是右手，抱歉我左右不分，就是右手。」

「總之就是想要先檢查一下對吧。」

「對，不過小姐，我想拜託你一件事情。」

「什麼事？」

「這樣的，因為我有買保險，這次再次做復健就需要我提供從前的醫療證明，你能列印給我之前的紀錄嗎？」半波說了一個師出有名的藉口，那新來的護士小姐不虞有詐，就聽他的意思把病歷列印了出來。

半波接過了後，問那護士洗手間的位置，就藉機從建築中逃了出去。他這種撒謊不眨眼的技巧已愈發熟練，他也覺得自己跟騙子無差別。

他走出了醫院後發現剛才那輛計程車根本沒走，索性登上去離開，免得被裡面的人發現。司機見到半波走了又折返，好奇的問：「這麼快看完醫生了？」

「啊是的，快點開車。」

車子開動並駛離了那區域，半波才鬆了口氣。他把列印出來的那張紀錄拿了出來，心裡一直在想這三年前的巧合。無論是趙名韋的失蹤、惡霸賀倫的消失、還是趙萍寫信給王展的日子以及她的自殺，皆發生於三年前。這讓半波確信這幾件事定有關聯。

「你現在想去哪裡？」司機問。

半波突然想到了什麼，並祈禱著手上紀錄所寫的資料不要一致。他掃視了一遍，驚喜地說出了那個地址。

「豐昇路，是沒去過的地方。」半波嘴角上揚。

半波高興起來的原因是趙名韋所住的地方跟之前陳永所提供的住址不一樣，這就有新的方向。

「哦，去豐昇路那邊嗎？」

「對，請馬上帶我去！」

半波一直想通過趙萍來找尋她的兒子，卻沒想到她兒子原來有自己的住處，這讓半波十分驚訝。

如果這樣來看，趙名韋的失蹤跟趙萍自殺的事也許可以聯繫上，如果趙萍自兒子搬了出去後就失了聯絡，她也許會因這而生出輕生念頭。

幸好有來這醫院一趟，不然會錯失過這麼重要的線索，這樣他想起了那叫素素的女看護，沒想到她把這麼重要的線索交在自己手中。她是如何得到那份報告的？她的用意又是什麼？

計程車帶著半波前往豐昇路，那是一條舊街道，兩旁林立著密密層層且參差不齊的房子。

車道兩旁有不少人騎著單車駛過，從衣著來看不像是旅客，更似是這裡居住的人。幾天前來檀山後，一直徘徊於旅客區的半波，見識到兼備規劃及優雅的自然色彩，還以為檀山範圍看不到車窗外這種破舊的房子。

「這條就是豐昇路了，這名字改得有意思吧？明明是個又窮又舊的街，卻起了個像有錢的名字。」司機揶揄著說，他的家其實也在這附近。

他按著半波所說的，把車子轉入了另一條小巷，並停在了一棟兩層高的木房子。這條巷比起豐昇路要冷清得多，不單沒人，連停泊在旁的車也只有一兩輛。

「要在這裡等你嗎？」司機問，他當然希望能再做半波的生意。

「先不用了，我有需要就找你吧。」

半波走到了房子的門前，確認過門號沒錯就按下了門鈴。他祈求這地址並不是趙名韋隨意寫上去的。

一個男人隨即應了門，他一頭凌亂的髮型和沒處理過的鬍鬚，看著像個流氓。

「找誰？」

聲音粗獷且不修邊幅，裸著上半身的他長得黑黝黝的，雖然樣子不難看，但抹不走身上帶著的那窮酸味。

半波難以猜測這男人是誰，按年齡他可能跟自己差不了幾歲，便試探地問：

「我想找趙名韋。」

「趙名韋？」這答案讓那男人意想不到：「你是誰？為何找他？」

半波注意到他的臉色在聽到那名字後變得惶惑，便知道這男人一定跟趙名韋有特殊的關係。

「我是他的舊友。」

「怎麼可能。」男人說罷，想把門關上，但半波立馬用腳擋在門隙之間。

「你想幹什麼?!」他兇神惡煞地喊道。

「且慢，你認識趙名韋是吧？」半波靈機一動：「你也想知道他下落對嗎？」

半波之所以馬上意會到趙名韋不在這裡，是因為他偷瞄到的家裡面有養一隻貓，而趙名韋很怕貓。

「什麼？」男人一時愣住，神色凝重的看著半波：「你究竟是誰？」

「我叫半波，其實我是一位偵探。」他這次沒有撒謊，反而真的把自己的身分上報。

「偵探？」對方半信半疑：「你為何要找趙名韋？」

「不是我想找他，是委託我的人想找他。」

「誰委託你？」

「趙名韋的父親。」

「什麼？」那男人驚呼，似是沒想到這號人物。

「他的父親？誰？他的親生父親？」

所以說，趙名韋有不是親生的父親？

「那看來你知道他的身分，請問你是他的誰？」半波說。

「我為什麼要告訴你？」

「我覺得我們雙方都沒有必要隱瞞，因為我來是想買情報的。」

「買情報？」

「我說了，我是偵探，受了委託去找尋趙名韋的下落，不是來找麻煩的。」

他說：「我是希望用任何方法完成委託人的要求，對了，我的委託人他很有錢。」

「……」那男人皺著眉頭在思考著。

「進來再說。」然後他邀了半波進去。

半波走進了這所房子，卻沒想像中雜亂，狹小的地方看起來只有一個廳子和一間房間。家具不多，窗戶都關上簾子，日光照射不到且房裡燈光偏暗，給人一種鬱悶的侷促感覺。

唯獨這種憂鬱的家裡有隻漂亮的白毛貓，半波感到好奇：「這是你的貓嗎？」

「只是流浪貓而已，見牠可憐拾回來養。不過說是養，其實牠常溜出去，餓了才回來。」

「原來如此。」半波喜歡貓，不過以前老婆被貓爪抓傷過有心理陰影，所以一直沒養。

看起來像個流浪漢般的男人讓半波坐在餐椅上，自己則在冰箱了拿了罐啤酒。

「請問怎麼稱呼呢？」半波問。

「陳明。」他說，然後坐在半波對面：「為何現在才找他？」

「這兩年其實也有其他人來嘗試尋找，我只是剛接手的一個而已。」半波實話實說。

「你是怎麼找來這裡的？」陳明喝了口飲料，瞇起眼說。

「趙名韋他之前住過院，我從他的住院紀錄查出來的。」

陳明點點頭，眼光落在手上的罐子：「原來如此，這也讓你查出來。」

「不介意我問一句，你是趙名韋的誰？」半波看他的年紀，跟趙名韋相距不止一個十年。

他沒答，只報以一聲苦笑。

半波環顧了房子：「你是跟他一起住在這裡？」

「跟他一起？算是吧，但這幾年就剩下我一個人而已，三年前我曾斷斷續續跟他生活過一段時間。至於關係……」陳明倏地把目光移到半波身上：「我跟他一點關係都沒有。」

半波感到奇怪，不是家人不奇怪，連朋友也不是？那這兩人會是什麼聯繫？他很想追問，但覺得這男人不會回答他。

「你知道趙名韋現在在什麼地方嗎？」

「你不是說他失蹤了？怎麼覺得我會知道？」

「問一下無妨，說不準你真的會給我些線索呢。」

「那你要失望了，我並不知道。」

「是因為要情報費用所以不肯說？」

陳明大笑了幾聲，「那個傢伙給了你很多錢來調查是吧？他真搞笑，這麼多年他都不來找，到他想找了卻沒人能被他找得到。」

「我對你什麼情報費沒有興趣，別看我這副德性，從前我倒真的是那種攤開手問人拿錢的角色，現在情況不一樣了，我有手有腳，能自給自足。」

從言詞間，半波聽出來陳明他不單跟趙名韋熟悉，且還是「從小」就知道他家裡的事情，那麼推測，他肯定是趙名韋或趙萍身邊的人。

半波覺得肯定能從他身上套出有用的資料：「你最後一次見趙名韋是什麼時候？」

「三年前。」

「那時你已經跟他一起住在這裡嗎？你知道他消失的原因？」

「可以說知道，也可以說不知道。」

半波從座位上下來，向陳明鞠了個九十度的躬。

「喂，你幹什麼啊。」

「拜託了！我希望你可以告訴我他的資料，愈詳盡愈好，我真的希望能找到他，哪怕是最壞的可能……」

「那也不用跟我行大禮吧。」

「要的！我真的希望你能協助我，你需要什麼條件都可以說的。」

「我說了，我不需要你的錢，那個男人給的錢我一點興趣都沒有。你說最壞的可能，是什麼？」

半波站直了身子，帶著緊繃的臉說道：「我已查出了不少線索，皆顯示了他的失蹤並不單純。而且巧合的事情太多，且在最不合理的時間點發生，我能分析出最有可能的解釋……」

「你意思他死了？」陳明說這話時，瞳孔縮小了。

「或者被殺了。」半波不帶感情的說，這是他綜合所有資料後推敲的可能。他當然希望這不是真的，所以他很想在陳明口中能得到與他想像相反的佐證。

陳明默言無語，趙名韋會有可能死了？這想法在這三年來沒曾在他腦海衍生過，他一直以為這當時十七歲的男生只是為了逃避什麼而逃跑了。

「那麼你能告訴我嗎？拜託你了！」

「你不問我也會告訴你的，因為我也想找到那臭小子。」

陳明把剩下的啤酒一灌而下，便說：「最後一次見他是三年前，具體是何月何日忘記了，那是他去復健回來的一個早上。」

「復健？右手的傷嗎？」

「你也知道？對，他右手傷過，復健也有一年。」

「那天早上我要出門，他剛好回來，一切都沒什麼讓我感到懷疑或者奇怪的，不過本來我們就不多話，知道他回家裡來我就出門了。那時我剛找到工作，做工地的，一天工作十二小時。」

「嗯。」

「但那天晚上當我回來時，房子卻被搗亂得厲害，特別是他的房間像被龍捲風颳過似的。我起初以為有賊，但卻發現家裡該偷的沒被偷，不該偷的卻不見了。」

「這麼奇怪？例如呢？」

「例如廳裡的一個裝著錢的玻璃罐，雖然只是零錢為主的硬幣，但也有幾張紙幣，該是他母親給他的生活費，如此顯眼卻沒有被拿走，反而那小子的一些衣服鞋襪卻取走了。」

「啊，所以你才認為趙名韋是自己走的，因為要是小偷沒理由帶走別人家的衣物。」

「對，我是這麼推論，那時還想是不是那小子又受了什麼壓迫，所以逃跑了。

他本來個性就是比較孤僻，所以我就理所當然地這麼覺得。」

「你沒去報警嗎？」

陳明眼神突然閃爍，「沒有。」

「為何啊，不論他是不是自己走的也好，家裡這麼被人搗亂你也不報警嗎？」

「……」陳明眼神閃爍，「我不能報，我不能見光。」

半波一下子明白過來。

陳明早幾年因為犯了些小罪行，被警方列為通緝人士，要是報警了就得接受牢獄之苦。這情況也許到今天也沒有改變，不然也不會大白天緊閉窗戶，臉上又留了一大把黑鬍子。

但半波沒興趣知道陳明幹過什麼壞事，他接著問：「那他母親趙萍呢？他離開的事趙萍知道嗎？」

陳明明顯表情變得落寞：「大概不知道吧，那小子走後沒多久，她就……」

看著他如此悲傷的神情，就看得出跟陳明有關係的人，是趙萍而不是趙名韋。

「我也花了好些時間才能平伏，至今也想不出為何她會尋死。」他說。

「所以你現在也根本不知道趙名韋在哪裡。」半波又再問。

「你現在問這問題不會顯得有點滑稽？我說了我不知道呀！」

半波其實只是在惆悵，「趙名韋的房間在哪？我能不能看看他的東西？」

「會有用嗎？」陳明問。

「也許？我也沒有其他想法了。」

他一直翻山越嶺尋找趙名韋的下落，甚至已找到他失蹤前的家，沒想到還是徒勞。雖然這也是他預想到的，況且還有賀倫這一條線索沒斷，也不叫絕望，但也讓他大失所望。

陳明帶了他走進房間，「他走了後我就睡在這床，但我基本上沒碰他本來的東西，只有被人搗亂後有替他收拾一下而已。」

半波在那狹小的房間裡探索著，除了一些學習上的課本以外，趙名韋根本沒有什麼個人物品，除了沒拿走的一些舊衣物和雜物就再沒其他東西，就連一些年輕人的玩意也欠奉，讓半波想像不出一個未成年男生之前所過的生活是何等單調。

「這手套是他的嗎？」半波見到床上放著一對黑手套。

「不，是我的。」陳明說，「他的衣物都在這櫃子裡，但被他拿走很多了。」

半波打開了那衣櫃，趙名韋把掛著的兩件學校外套留了下來，還有一雙殘舊的黑皮鞋被布袋包裹好放在櫃子的最深處。衣櫃內裡似乎沒怎麼打掃過，一些毛髮和塵埃還是很輕易看得見。

「只剩這些沒帶走？」半波問陳明。

「嗯，不過他沒幾件衣服，其實也拿了大部分了。」

「鞋子呢？他這雙黑皮鞋是平日會穿的嗎？」半波把黑皮鞋亮出來給陳明看。

「沒印象。」

「但從尺寸來看，感覺這鞋不小，好像比陳明穿的還要大上一號，他的腳比成年男人還要大？」半波小聲嘀咕，向陳明問：「你說三年前最後一次見他時，他是否穿這雙鞋？」

「這麼久我怎麼記得。」

「不，請你記一下，這雙鞋刻意收了起來。」

「這麼說，我對這鞋沒印象是因為我從沒見過他穿過吧。」

雖然不能確定，但半波覺得事有蹊蹺。他仔細的檢查著手中的這雙皮鞋，尺寸估計有十號，除了看出是穿了些時日，不論是表面和裡面都有十足的殘舊感，鞋底處還有令他在意的一些痕跡。

「底很髒，有些泥土……」

「你說那天他回家時是從醫院回來？」

「對。」

「然後他就一直留在家裡？」

「我不知道，我說了我剛好要出門工作去，跟他打個照面，有沒有再出去不知道。」

「他一句話都沒有跟你說？或者有沒有想跟你說些什麼？」

「沒有，他只跟我點頭，然後就回房去了。」陳明說：「你發現了什麼嗎？」

「我是在懷疑，懷疑他忽然選擇出走的原因。」半波環顧了房間：「如果他從醫院回來，就已生出想要離家的想法，碰見你時不會一句話也不說，雖然你跟他沒關係，但就算是同屋共主，他要離開了也不可能不跟你說一聲。」

「你意思他離開是臨時起的主意？」

「對，且有不得不保密的理由，這是在你走後，甚至是他再次外出後的事情。因為你工作回家已經是晚上了，中間那十多個小時發生什麼事可能就是關鍵。」

「如果是這樣就沒辦法推敲了，我根本不知道他之後去過哪裡。」

「啊！」半波驚呼。

「怎麼了？」

他盯著手中的皮鞋：「不，我該有辦法知道的。」

我躡手躡腳的跟著那兩人的後面，屏氣凝神，從遠處觀察他們的舉動。

我知道事有蹊蹺，在那傢伙搗亂過後就跟蹤著他，沒想到兩人居然偷偷摸摸的走到這裡來。這不是我知道的地方，看來他們有做過些調查，找了一個很難有人發現的地點。

「為何要來這裡？」

「人少，我們說的內容不能被人聽到。」那戴著帽子和墨鏡的男人說：「你真的是趙名韋？」

「是的，我知道你不會相信。」

「你有證據就行，我也只是受了委託來找人而已。」

「那個人是我親生父親？」

「還要我再重複一次嗎？」

「不，只是好奇而已，為何相隔這麼多年才出現，我都要成年了。」

「也是最近才知道有你的存在才來找的，這也不懂嗎？」

「嘿……抱歉。」

「證據呢？」

「我有我跟母親的照片，你可以比對一下。」那個人拿出了一張照片。

另外的男人接了過去，很認真的在比對。

「確實是這女人，不過這還是不足夠的。」

「你還想要什麼證明？」

「DNA，我要你的基因樣本。你父親那邊我已經有了，只要拿你的來比對就行。」

「呵，真方便呢，那你要我的什麼？頭髮？口水？還是血？」

「都可以，但頭髮必須要有髮根。」

「那還不簡單。」他從頭裡做出了拔取的動作，然後把頭髮放進了另一人提著的封口袋裡。

「這樣可以了吧？」

「可以了，很快會有結果的。」

「那就趕快吧，我也很想見見我的親生父親。」

「肯定很開心吧？事隔了十多年終於見到自己的父親。」

「有點吧，怎麼樣，我長得像他嗎？」
「坦白跟你說，完全不像，不過我也長得不像我爸。」
「是嗎？那也未必是壞事。」
「對，我寧願長得像我母親，對了你母親還好嗎？她現在在哪裡？」
「她？她很好，她回鄉了。」
「是嗎？怪不得我找不著，真可惜，我還想見她一面呢，我也有十多年沒見過她了，你母親年輕時真的很迷人。」
「你居然認識她？你不是偵探嗎？」
「這你就不用問了，我之後絕對會去拜訪她的。」
「看來你跟她……就是我母親關係不簡單啊。」
「豈不是。」
「啊，委託我的人也來了。」那男人說，那個我痛恨的人順著他的話向後面看去。

可這時那個戴著帽子、個頭甚高的男人掏出了一條繩子，並毫無猶疑地從背後勒住他的頸，被襲擊的人馬上想要掙扎……對的，他一定頑強地想要擺脫，以我的認識，他不是那種輕易倒下來的人。他有拿起頭子敲那人的頭，甚至敲出血來了，但也徒勞無功，最後只能瞪著眼地被活生生勒死。

我親眼見到那人從奄奄一息到斷氣，過程不到一分鐘。我拚了命的摀住自己的嘴巴，把自己藏好在一棵松樹後。那是一起徹底的殺人案，就在我眼前完整地上演，而本來的主角就是我，我嚇得連想要再次偷看也做不到。

他為何要殺人？

是什麼原因？有什麼我不能存在這世上的理由嗎？

直到現在，這問題都在我腦裡迴旋，一直都得不到答案。

半波對於趙名韋的下落做了幾種推測：

首先，可能是他厭世。

從調查至今他所搜集出來的線索，或多或少都證明他的高中生活、特別是在消失前的生活非常難熬，不單在學校被人欺凌，在單親且缺少母親陪伴下的生活非常孤單。在沒有盼望的人生下過活使他生出要一走了之、逃離現實的想法，半波覺得這情況不是沒可能發生。

另一個想法，是他可能有不得不逃離的原因。由於在生活圈中有與他對立的角色存在，他為了自保可能必須離開身處的危險當中，而半波的名冊上就有賀倫這號人物存在，他殘酷、冷血，給人一種無惡不作的形象，這種人成了趙名韋的最大威脅。當然，半波也想過可能是趙名韋做出了一些無可挽回的錯事，導致他只能捲席而逃。

最後，是半波推測的最大可能：趙名韋早已死去。現在他努力想要捕捉回來的，只是殘影，最終能找到的只是藏屍位置。

這想法之所以如此強烈，是因為他自三年前那天不見了直到他母親自殺了後，都沒有任何證據證明他出現過。

就算是如何厭世或有不得不離開的理由，也斷不可能連自己唯一的至親的離世也不聞不問。雖然也有可能是趙名韋身處的地方無法獲知母親已死的事情，但半波還是傾向他已無奈地化作了一具死去的屍體，長埋在無人知曉的土裡。

他的心態變得很明確，他不再是尋人，而是尋屍。

而因有這先見之明，在找到與他推論一致的證物時，就大大增加了他對這想法的確信性。趙名韋家裡房間找到的那雙黑皮鞋，鞋底上的泥土特意拿去化驗所分析，還走遍了檀山各地，收集了附近的土壤成分做比對之用。

整個分析的工序一點也不輕鬆，花了一星期的時間，最終從鞋底的泥土上有松樹的花粉及硫磺的成分，斷定這雙鞋踏足過三年前施工工地周遭的松樹林。

化學並不是半波的強項，所以聽著友人在化驗室講解土壤的成分分析時，半波怎麼專心也聽不出所以。但至少知道一個方向，這段時間花得也不算白費。

那片樹林，其實是檀山著名景致大竹海旁邊的空地，雖然是在名勝附近，但因濕氣很重很難住人，並沒有把旅遊的路線伸延至此。那邊的土壤之所以會含有硫黃，正因大竹海在三年前因保育和加建設備而施過工。

雖然最終得出這個結論，但那樹林說小不小，也有一整個足球場的大小，絕不可能簡單地查清每一寸的土壤下是否有藏著一具屍體，不過半波身上還有秘密武品。

那是他去年買的一台空拍機。

這個既愛骨董但又緊貼科技潮流的偵探，靠著這台機器找到了這樹林範圍內某一處植物生長得特別茂盛的地方。由於自然分解的死屍形成礦物質滲入到土壤裡，改變了泥土的化學成分，使這區域的土壤變得肥沃。不單因為屍體中的營養物質釋放到土地裡形成生態系統，也因這引來其他昆蟲化成屍體或路過的動物留下的糞便等。

要不是半波知道這裡可能藏著屍體，確實沒可能有人會刻意到這人影絕跡的地方翻找每寸泥土來尋找屍體。

雜草長得茂盛的地方，恰巧像一個人體尺寸大小的範圍，這讓半波更加確信這地下藏著一個既熟悉又陌生的人。

「要挖？」戴著口罩的陳明問，半波說也許知道趙名韋的下落，陳明卻意想不到地說要去一起找。

這個從他口說跟趙名韋什麼關係也不是的陌生人，卻對於這十七歲男生的下落十分著緊。半波知道他在撒謊，他跟腳底下的人關係非比尋常。

「只能挖了，唯一是如果真的挖出了屍體，你不會把我滅口。」半波開玩笑說。

「如果我真的是殺人兇手，在你踏進那家門後我就殺你了。」

這話說得一點也不假，要是陳明是兇手，當他知道有人上門到家裡，而且還能明確指出藏屍地點，不可能忍到現在也不出手，這也是為何半波覺得自己可以相信他。

陳明從自己工作的工地裡借來了鐵鍬，按著半波的吩咐在那塊土地上挖掘。

「你跟趙名韋究竟是什麼關係？」因半波不方便的關係，只能讓陳明一個人挖。

「怎麼又是這問題？喂，我這麼用力的挖怕不怕傷到屍體？」

「不怕，要是真的能挖出來，那都成白骨了。」

「就算他死了，你怎知道一定是三年前死的？不能是最近死的嗎？」他邊說，邊手起鏟落，把泥土翻鬆，挖出來的坑愈來愈大，愈來愈深。

「他要不是三年前已經死了，不會一直都沒在你面前出現的。對了，你究竟是他的誰？」

「我說了，什麼人都不是。」

「你跟他母親是什麼關係？」

陳明突然沉默，但手的動作沒有休止。

「果然是個聰明的偵探呢，你當我是他媽的情人吧。」

「啊，情人……」半波一拍手，怪不得他對兩母子的事這麼清楚，而且還認識王展。

「所以你算是趙名韋的繼父啊？」

「什麼繼父，我說了，我跟那小鬼不熟。這十年我斷斷續續跟他母親一起，但他母親似乎沒有把我的身分說出來，那小鬼九成以為我是他親生父親吧。」

「你意思是他不知道你不是親生父親？」

「我是這麼想啦，每次見到他看我的眼神我就懂了。」

「那你後來也沒有告訴他？」

「告訴什麼？告訴他我只是跟你媽偶爾上床的關係，不是你老爸這樣？他要誤會就由他吧。不過自從他搬出來，我又住進去後，就算我沒說，他大概也猜到吧。」

「你們長得不像嗎？」

「也許吧。這工作真累人，你不幫忙嗎？」

「我很想幫，但我太短了。」半波無奈地說。

「短也能挖啊，用個小的鏟子。對了，你生下來就是這個模樣嗎？」陳明睨了半波一眼。

「你指侏儒這件事？」

「對啊，你父母是嗎？」

「不是，可能是基因突變吧。」

「真可惜，很不方便是吧？」

「還好啦。」

「但真了不起，像你這樣的人居然會當偵探。」

「這身體當不上警察，就只能當偵探了吧。」半波從小就想當警察，他可是看推理片長大的。

「啊？好像挖到硬物了！還是只是石頭？」

「等等，小心點！」半波說。

雖然他是帶著充足的信心來挖掘的，但當這位本打算來尋人的偵探，在挖出屍體後，變成真正的謀殺案發現場時，他內心對這場面的震撼還是始料未及。

不單是他，陳明親自把整具屍體的骸骨挖出來時，他也是緊張得說不出一句話來。他不單是害怕發現屍體，也害怕引領他來、把預言成真的半身人。

「要報警嗎？」陳明冷靜下來開口問。

「都發現屍體了，沒辦法不報了。」

「那……你現在打電話？」

「別急，我們先看一看，警察來可能就不給我看了。」半波目不轉睛的看著土裡的骸骨說。

「這真的是他嗎？」陳明指著坑裡的骸骨。

「還不知道。」

「那你看吧，我要……冷靜。」陳明抽出了香菸叼在嘴裡，他的手甚至在顫抖。

半波先是拿著了相機，對著屍體拍攝，然後又反覆地觀察。

挖出來的屍體從骨架及身長，推論是男性沒錯；頸項處有多處骨折的跡象，應該是被勒死的。讓半波最先感到疑惑的，是屍體除了身上穿著已破爛的T恤就沒有其他了，他很小心的去查看這件上衣和骸骨的狀態，對於屍體沒穿褲子感到相當好奇。

另外最令他在意的地方，是屍體的十隻手指都被砍斷，從白骨的狀態未能看出是生前還是死後才被弄斷的，但是，頭骨上那些牙齒同樣全部拔光了，所以死者死了後才被這樣對待的可能性最高，這很可能是兇手為了掩飾死者身分而做的。

「這衣服怎麼沒分解掉？」陳明又往坑裡瞄了一眼，問。

「布料問題，你認得出這衣服是趙名韋那天穿過的嗎？」

陳明嘗試記憶起來，但印象模糊：「我真的記不起來，而且這衣服都變黃了，上面還有乾了的血跡什麼的，我看不出來。」

半波點頭，衣服上又沒圖案，這樣子確實有點難以辨認。他又小心翼翼的翻看衣服，由於尺寸顯窄，衣服被骨架撐得緊繃。他也特意揭開衣服，卻因而露出了苦惱的神色。

「他是在這裡被殺的嗎？」陳明問。

「不一定，但考慮到這裡旁邊就是名勝大竹海，在別處殺人後把屍體搬運過來，很難不被人目擊發現。但如果是兩個活人一起走來這裡，像我們那樣繞過行人路走進來這松樹林，就簡單一些。」

「那你要怎麼辨明他的身分啊？」

「有辦法的。」半波盯著那件有血跡的上衣：「只要把這血抽驗基因，然後跟與他有血緣關係的人比對就可以了。」

「如果他是趙名韋，他母親已經……」

「我不是說了，我還有一個跟他應該有血緣關係的委託人嗎？」

陳明放了一個「我明白了」的表情在臉上。半波蹲了下來，似是不太有信心的說：「但要警察配合才行了。」

「如果你要報警，那我不能待在這裡了。」

「嗯，你走吧，警察來了肯定也會上門找你的。」

「但我逃了，警方會不會以為我是兇手啊……」

「你逃不逃也不會減輕你的嫌疑，你自己想吧。」

「但我想到時你也會替我洗脫嫌疑。」他說。

「對我這麼有信心啊？」

「你確定這骸骨是誰後，能不能請你也告訴我？」

半波看著這男人，不單不如他形容的那般無情，甚至覺得這人有把趙名韋當成兒子一般看待。

「我知道了，我會聯絡你的。」

陳明走後，半波又再研究了一下，把該搜集的都搜集後才報警。警察來到見到半波與挖出來的屍體時，都驚訝萬分，半波甚至被當成了嫌疑犯帶回去問話。

但聰明的半波很輕易地證明了自己的清白，洗脫了自己的嫌疑，並把辛苦調查出來的線索分享了一大部分給檀山的警察知道。雖然警方要求半波在這案件中抽身，因為他已沒有理由介入這案的調查，但一心希望完成委託的他並沒打算遵從，反而提出了協力調查的條件。

因為目前只有他能掌握到那位嫌疑人的行蹤。

他從挖出屍體後就想起了一件事，並撥了通電話給一個人：「你好，我是偵探半波，能請你幫忙一件事嗎？」

說真的，我不知道他是何方神聖，但無論我如何想要擺脫他，他總能有方法找到我。

在我拋下了一切，包括辛苦工作的崗位、好不容易接受我的機構，以及漸漸生出感情的那些人們，我以為我能就這麼無聲無色地消失於人前，就像我三年前那時候一樣。可在我離開潭崗不到兩星期，他居然能準確地知道我逃到近江，甚至連我在哪家賓館下榻、住在哪號房間都能瞭若指掌。這個患矮小症的偵探，就像無所不知的死神，非要把我玩弄於股掌之間。

「賀倫先生，我們又見面了。」

我冷眼看著他，但其實心跳加速中，全身每個細胞都在想著怎麼逃走。

「不要逃啊，外邊有警察。」

「警察？」我感到吃驚，為何會有警察？

「你知道啦，我可只是個半身的偵探，要是你就這麼逃了，我怎麼也不可能追上你，所以做了一點安全的措施。」

我半信半疑地問：「你到底是怎麼找到我的，你有天眼不成？」

「怎麼可能呢，只是個小把戲而已。」

「什麼把戲？追蹤器？」

「上次見面前，我不是給你那張三E班的照片嗎？你可能沒發現，在那個信封裡，我把一張卡片大小的信號器貼了在裡面。我知道跟我見面之後你定會再次跑掉的，所以預先做了點小功夫。」

「可惡，你究竟是誰？」

「偵探啊，不是都說過了嗎？我們坐吧，好好的聊一下不好嗎？」

「我幹嘛要跟你聊？」

「如果你不跟我聊，難不成你想外邊的警察跟你聊？他們可沒我那麼好相處啊。」

我沉默了起來，腦裡在思考要怎麼逃掉，同時在想眼前這個究竟是什麼人。

「在上次跟你見面後，我們這邊有很突破性的發展，雖然也是我預料中事，但如今真的能確定地告訴你了：我們在檀山的一片松樹林間，挖出了一具屍體。」

我聽得目瞪口呆，完全沒料到那具屍體已經被起了出來。

也注意到我的反應：「目前從屍體衣服上的血跡化驗結果，確實是

「[illegible]，也就是說，你那位跟你一起同時間失蹤的同班同學，被人謀殺並埋屍了在檀山，你怎麼看呢？」

「你這是在審問我嗎？」

「是啊，雖然我感覺不太有威權，但我確是在審問你，而且我手機也是開著的，意味外邊的警察也聽到我們的對話。」

「你是懷疑我殺了他，然後逃跑了？」

「這樣推論我覺得是最為合理的了，解釋了為何你們兩人同時消失。而且你從以前就開始欺凌他，不是嗎？」他笑了笑，雖然他看起來嬌小，但站出來的氣勢卻差點讓我透不過氣。

「殺人不是要談證據嗎？例如證明我是兇手的證物。不是單憑說我欺凌過他就認為我是兇手吧。」

「證據啊，也不能說沒有，只是這證據並不是指證你是兇手的。」

「哈……那就很好笑了，既然不是指證我是兇手，那你是憑什麼要我認罪？」

「雖然不能指證你是兇手，但我卻有證據證明死的人的身分。」

我聽不懂這話：「什麼意思？你不是說死的人是趙名韋嗎？」

「外在證據的確是這麼說的，但實際上，屍體只剩下一副骨頭而已。這副白骨上無法辨識容貌或胎記，屍體也沒有牙齒，甚至連十根手指頭都被砍斷了。花這麼多功夫，兇手明顯就是為了掩飾死者身分而做的，不是嗎？」

「你問我做什麼？兇手不想人知道死者的身分，跟我有什麼關係？可能只是因為兇手跟趙名韋是有直接利益衝突的人，怕發現屍體後會被懷疑吧。」

「你說得真對，本該這麼認為的。不過那件染血的衣服又怎麼解釋呢？上面還那麼明顯地有著趙名韋的血，這不是莫名其妙嗎？」

我明白他說什麼，不好回應。

「既然想掩飾死者身分，為何卻要留下這件決定性的證物？兇手不可能不把死者的衣服給脫掉。要知道哪怕是三年，就算幾十年後，風乾了的血也同樣可以採集DNA，只要跟同時間失蹤的人士做比對，警方也是很可能找到屍體身分啊。而且，屍體沒穿褲子和鞋子，為何唯獨不拿掉上衣？這感覺特別刻意呢，就像要人憑這一點辨識死者就是趙名韋一樣。」

「我聽不懂你在講什麼。」我裝蒜，我不單聽懂，而且還已知道他什麼都懂。我害怕，但又有種難以言喻的感覺。

我的廢話，接著說：「此外，這屍體身上還有令人不得不懷疑的表你知道是什麼不？」
「別問我。」
「就是骨架的大小。我手上有這麼一張照片，我親自拍的，你看看。」他把照片揚到我眼前：「這副骸骨雖然看不出死者生前是胖還是瘦，但看起來他不像是那種矮小瘦弱的類型。可是衣服呢？這上衣卻是中碼的。」
「那又怎樣……」
「不合理，如果他生前是有點重量的人，穿這上衣未免有點太小了。我請教過研究骨骼的科學家，他說如果骸骨的主人生前體重足夠，他的個體股骨會比一般人粗。你看看照片這裡，這就是體股骨，確實有這特點啊。」
「這跟我一直認知的線索起衝突了，從我尋找趙名韋至今，包括他以前的同學、認識他的人，甚至我手上他高中時的照片，都看得出他不是個身體厚實的人，他形象一直都是瘦削的，看起來很弱的。」
那叫半波的人睨眼看著我：「可能身高跟你差不多，就是沒你那麼強壯。」
「太……太武斷了，也許他之後長胖了你不知道而已。」
「胖了也不該穿中碼的衣服，不是自相矛盾了？」
「他只是窮，或者很喜歡這件衣服吧。你最多說他只是衣不稱身，怎麼斷定這有不妥？」

「那就要回到他為何沒穿褲子的事情上了。我有個大膽的假設，屍體之所以呈現這麼奇怪的現象，會不會是有人想把它偽裝成趙名韋的模樣呢？他先替屍體穿上了有趙名韋血跡的衣服，但卻因死者本來身體比較厚實，衣服倒勉強可以穿上，但褲子和小幾個碼的鞋子就不可能了。對了，你們年輕人愛玩那些換裝模型嗎？現在都做得很精細呢，不過替它們換貼身的衣服也一點都不輕鬆。」他背向我，似是而非的推論著：「所以我猜想，兇手既想掩飾死者身分，又想別人發現死者時誤認他是趙名韋！」

「神經病，你神經錯亂了吧，說的話前言不對後語的，什麼叫兇手不想別人知道死者身分，又想別人認為屍體是趙名韋……」

「我沒混淆啊，我很清晰呢，我想說的是，殺死死者的人，跟替屍體換上趙名韋衣服的人，並不是同一個人呀。」

「什麼？」我像被電擊中了一樣，「為何是兩個人？」

「因為屍體被埋過兩次。第一次是死者被殺的時候，殺他的人挖了坑埋下了他；第二次有人把坑重新挖了，把屍體換上了趙名韋的血衣，然後重新埋在土裡，然後跳上了椅子坐了下來，「你一定會問為何我會這麼斷定，理由索，是關於屍體那件上衣的。」

「上衣……有血？」

「不是，是那衣服的裡面，有大量松樹的花粉。」

「咦？」

「這些花粉是怎麼沾進衣服裡面的？如果是在外面也能解釋，可能是挖坑時屍體在旁邊沾上的。可為何衣服的裡面也給沾上了？唯一的解釋，就是原先屍體身上沾有花粉，然後才穿上另外的衣服。」

「這也不一定是絕對吧？可能是死者或者兇手不小心把花粉沾到衣服裡面去……」

「這可能性非常低，但就算有可能，死者被動過兩次的推論還是正確無誤。」

「為何？」

「因為他穿著那件上衣外部，反而沒有花粉，一丁點都沒有。為何衣服裡面有，但外邊沒有？怎麼想都想不明白，只能解釋是死者被殺後穿的並不是這件衣服，並因如此，必須要有第二次埋屍，才會有這種情況。這下你該明白吧？」

「那……那為何不能是同一兇手挖兩次？他可以先殺了死者埋掉，然後發現要搞亂他身分才挖出來換衣服吧，憑什麼說一定有另一個人？」

「所以你主張，換衣服的人，和殺他的人，是同一個人？」

我瞠目結舌，不能回答這個問題。

「你會這麼主張嗎？你敢這麼主張？還是說你寧願事實是這樣？」

「我不知道你想說什麼，這是你需要解釋的問題，不是我！」我有點歇斯底里了，我知道我只是在做無謂的掙扎。

「我就是在跟你陳述因果而已，如你主張第二次替死者轉換身分的人就是兇手，那我也只好陪你這麼結論。」

「為何不能反過來說，兇手進行了第二次身分轉換？為何硬要逆向推測……」

「因為如果這兩件事真是同一人所為，對於你，絕不可能用我的次序來論述，因為你就是第二次埋下屍體的人。」

「……」

這叫半波的人露出了笑容，雖然長得不難看，但這模樣看得我冷汗直流。他自信的道：「也就是說，你是替屍體刻意安上趙名韋特徵的人，是你要讓世人認為死掉的是趙名韋。」

「我……我為何要這麼做？」

[illegible]緣故當然有你的理由，但先回到我剛才的話題，你既然是第二次埋下

絕不應說殺害死者的是同一個人。不然就自己認了是殺人兇手了」

「……那為何我不是殺人兇手了。」我問，我真心想知道他究竟認為我是什麼。

「你真奇怪呢，你想自己被懷疑嗎？我說你不是當然有理由。」半波他昂首看我：「因為你就是趙名韋。因為你是趙名韋，你要把屍體變成你自己，那你就可以在那時順勢『死去』了。」

「我叫賀倫！所有人都知道我是賀倫。」

「你只是拿了賀倫的身分而已，要怎麼拿一個人的身分而不被懷疑？答案就是拿死掉的人的身分，死的人就是賀倫！

我查過了，賀倫在高中時候經常欺凌趙名韋，而且他是個強壯的傢伙，個性惡劣，在任何地方都是臭名遠播的存在。可是你呢？雖然看得出體格不錯，但骨架偏向瘦弱，那是你拚命健身的效果吧？加上你的外表，跟三E班賀倫的樣子完全不一樣呢。」

「我是因為一次意外毀了臉而去整形了而已。」

「我也猜到你可能會這麼說，可是你能改變你的體格、改變你的容貌，但你改變不了自己的血型，也改不了基因。」

「……」

「我想你也明白，在我找你的那一天，你的易容功夫已失去意義。如果你需要證據，隨便拿你的頭髮好、皮膚組織好，或甚至是你的唾液我都能證明你就是趙名韋，你需要我現在就跟你驗證這件事嗎？」

「我母親已經死了，你從何驗證我身分？」

「以我所知，你並不是單親。」

「我父親？」我問，但心想這也不稀奇，這偵探肯定能把他找出來。

我沒打算再做辯駁，因為一切如他所說的，分毫不差。我淡然的說：「不用，我就是趙名韋。」

半波一拍手，我看不出他是興奮還是什麼，「真厲害，想到要跟死者對調身分，讓趙名韋的死變成事實。不過我覺得有點不完美。」

「什麼……」

「據我所知，賀倫他是個斷了尾指的人，眾所周知他有九指惡魔的稱號。屍體被砍掉所有手指就是為了掩飾這件事吧？因為如果想消去指紋有很多不同方[illegible]要砍掉所有手指，就看不出屍體原本就少了一根指頭了。」

[illegible]完美？」

[illegible]被發現，它就會因為上衣的血液關係被誤認為是趙名韋，而[illegible]用賀倫的身分活下去。可是，當有人稍加調查，就能發現你根本不[illegible]偽呀，就算改頭換臉，也模仿不了他斷指的模樣。」

他看著我的左手：「你現在就算長期戴著手套也掩飾不了，一旦你的身分被揭穿，所有事情都會被推翻的，既然如此留下這麼一個破綻是我認為不夠完美的地方。」

我看著他，不發一言，眼神上卻冰冷無比。

他似乎意會到什麼，心頭一陣撼動，向後退了兩步。

「不會吧？你真的這麼做了？」他看著我那戴著手套的左手。

我脫掉手套，露出了只有四隻手指的手：「對於我所經歷過的、我所厭惡和想掙脫的，犧牲一隻指頭又有什麼難？」

那叫半波的人一時間沒說出話，只是點點頭，隔了好一會才說：「那這就能解釋到為何屍體那件上衣有大量你的血跡了，是你切掉自己手時流的血。」

我點頭，那錐心的痛楚還在我記憶之中。

「那你現在可以說出實情了吧？如你懂得挖出屍體，即你知道藏屍地點，也目睹了賀倫被殺的過程，兇手是誰？」

「我不知道，我不認識那個人。」

我憶起三年前的那個時候：「那天那傢伙找上了我，我說的是賀倫，真正的賀倫。他打了我一頓，從我那裡搶走了鑰匙，然後闖進我家裡搗亂。我以為他只是那百萬種對付我方法中其中一樣，但當我回到家去檢查時，發現他把有關我母親的東西都拿走了。他什麼都可以拿，唯獨是母親的東西……。於是我偷偷跟蹤他，想看看他究竟打什麼主意。」

「然後就跟到了大竹海旁的松樹林。」

「是，在那裡他跟一個比他還要高大的男人見面，我無法看到他的容貌，因為他戴著帽子和墨鏡，加上我根本不敢走得太近，怕被發現。

「但那兩人在談判，言詞間……我知道賀倫他在假扮我，為的可能是認了能有什麼好處，反正是這樣。」

「我以為他們會交易什麼東西，但沒有，反而愈看愈不對勁，最後當那男人拿出了一條繩子，從後勒住賀倫時……我指就這麼殺了他時，我嚇得連叫也叫不[illegible]但幸好我沒被發現，不然我也一定被殺了吧。」

[illegible]殺了賀倫？我以為賀倫是個不弱的傢伙？」

[illegible]過來掙扎的，也有嘗試擊傷那男人，但不知道是否被下過

多久就倒下了……」

說，那男人要殺的人，本來就是你！那個賀倫跑到你家翻箱倒篋，找到證明自己是趙名韋的東西，你母親的照片就是個很好的證據。那我

白了……那個當年尋找你的人根本不是偵探，他是一個想把你找出來解決掉的人。」

「嗯……我當時根本不知道為何有人想要殺我，但我知道如果這殺手知道他殺的人不是趙名韋，是絕對不會收手的。唯一的辦法……」

「就是把死去的那個人裝扮成你自己的模樣，而你代替他的身分生活下去……」半波似乎明白了什麼：「所以你要逃，不是因為你犯了罪，而是因為如果知道真正的趙名韋沒死掉，他還是會找你出來解決了。你扮演賀倫，再讓人誤會死者是自己，那就算真的不幸屍體被掘出來，你也能全身而退。」

「不過。」半波說：「如果有人像我那樣發現了屍體，那肯定會馬上懷疑一起失蹤的賀倫，你也不保險啊。」

「是，但那也是後話了。反正我也不是殺人兇手，只要保障自己在那之前不會被人殺掉就好了……」

我嘆了口氣，「可沒想到你出現了，不單把屍體找出來，而且還輕易看穿了

他不是我。」

「這個調包的計畫你是臨時想到的嗎？那麼短的時間能想出來一點也不簡單。」他是在稱讚我？但我一點都不想被稱讚。

「賀倫被殺並被埋後，我等那男人離開了我才敢走回家，但那時心裡一直被那殺人的畫面震驚了，一心想著要是他知道所殺的人不是我，他一定會回來的事情。」我嚥了口口水，「所以我回去，把他的特徵去掉，把我的特徵加上。」

「然後假裝賀倫生活，甚至寄出了信件給他的婆婆也是這原因。」半波說。

「嗯，我希望有人能證明賀倫活著，只是不知跑到哪裡去。」

「只是，為了這原因，你母親的事……」

這話把我打進了十八層地獄般，那陣痛苦的感覺又再充斥著我。我低下頭，很想吶喊，但卻喊不出來。

「令堂自殺的事情，是你預料不到的，是嗎？」

我流下了淚。

「只是……我沒想過會這樣的。」

「你母親並不是自殺的？」

[illegible]親這麼疼愛你，怎麼會在你失蹤後反而不是拚了命尋找[illegible]？」

[illegible]話給震撼了，我無法想到這件事會有這方向的解讀，我只能瞪著半波。

「如果兇手殺掉趙名韋是出於什麼原因，那給我委託人寄信的……即你的母親，自然也有可能成為了兇手的目標。」

「你說我母親是被自殺的?!」我大叫。

他點頭，「以判斷來說，我覺得這最合理。」

「兇手……那男人……為何？」我想破了頭，「為何他想要殺我和我母親?!」

「因為你的父親。你是富商王展的兒子。」

我已經無法對這種種震撼給予任何反應，只能任由這叫半波的偵探擺布，讓他把我放在審判的天秤。

半波重新站起來，嘆了口氣，「既然這樣，一切都明白了，接下來就是要把真正的殺人兇手繩之以法，那你就不用再過這種見不得光、偷雞摸狗的生活了。不過，我需要你幫忙。」

「兇手……他是誰？」

「我有眉目了，做些化驗就知道結果了。但這不足夠，我想你把證明他是兇手的證據給我。」

「證據？」

「你把自己的衣服換了給賀倫，自然就有把他的衣服拿走吧？」

「咦？」

電視廣播一天不間斷的重複報導，著名觀光地檀山市的松樹林挖出了一名男性屍體的事情鬧得沸騰。死者初步推斷是個未成年的男性屍體，這身分讓關注事件的市民心有餘悸，更讓委託半波尋人的王家驚詫。

半波的手機未接來電被李若蘭的號碼占據了整個螢幕，一心打算直接負荊請罪的他也忍不住接下了她的來電，叫她稍安勿躁，他已火速趕回來給她和王展一個交代。

同行的當然有檀山的警察和以「賀倫」身分作證人的趙名韋。

當半波一個人回到王宅的別墅，半波第一時間被李若蘭扯進了書房，那裡坐著的還有眉頭緊皺的王思鐸。她帶了點怒氣質問半波：「你跟我說說現在是怎麼回事？」

「蘭小姐，你別激動，我做錯什麼事了？」

「你跑哪裡去了？都找到屍體了，你怎麼不馬上告訴我們？」

半波不慍不火地回答：「抱歉蘭小姐，我是該馬上回來的，可是因為這案件有太多的疑點了，為了搞清楚一些事我才晚了回來的。」

「疑點？什麼疑點？」她充滿疑惑的看著半波。

「就是關於屍體的身分，因為挖出來時已經是一堆白骨了，我得去確認一下他的身分才能跟你匯報啊。」

「所以你確認出什麼了？屍體的身分真的是趙萍的兒子嗎？」

半波搖搖頭，嘆了口氣，在李若蘭眼中這搖頭更像點頭，她露出沮喪的神色，別過了身發聲道：「怎麼會這樣……」

半波想起了王展的女兒，她早幾年因綁架後被撕票，雖然犯人都已落網，但警方一直沒搞明白為何那幫人收到贖金後還是要把肉票殺掉。

「既然是這樣，你也算是任務完成了。」王思鐸這才開口，他從櫃子裡拿出了支票簿，在上面簽了個名。

「這是你完成委託的酬勞，雖然結果令人難過，但也總算查出個結果，我大接受了。」他把支票遞給了半波，可後者卻沒有接受的意思。

沒完結呢，難道你們不想知道是誰殺了他的嗎？」

臉說：「你知道是誰殺了他？」

的責任止於尋找出他的下落而已，其他事你就不用多

[illegible]「也是，尋找真兇並不在我的委託內容裡，不過……」

[illegible]著王思鐸：「接下來我並不以王家委託的偵探身分來說，而是以警察方顧問身分來說。」

「你說什麼？」兩人反應甚大的喊。

「沒錯呢，我完成這委託後馬上就跳槽了，從尋人的偵探跳到尋找兇手的偵探，想起來王展先生真是有先見之明，知道找我尋人也有可能最後變了緝兇，所以你的支票我就先不收下了。」

「哈，尋找真兇？真了不起呢，居然能說服警察讓你查案了，那你就去查呀，還待在這裡幹什麼？」王思鐸問。

半波笑了笑：「因為這裡就有我想要找的兇手呀。」

「什麼?!」李若蘭喊道：「這裡有兇手？你說誰？」

「稍安勿躁，我就是為了說個明白才來這裡的。」

半波把一張照片拿了出來，給王思鐸看清楚：「你見過這個人嗎？」

王思鐸隨便瞄了一眼，答：「不認識。」

「你看清楚一點，真的沒印象嗎？」

「沒印象，我怎麼會有印象？慢著，你為何向我問話？」

「就問問嘛。」半波又拿出另外一張照片：「那這衣服呢？你見過這件衣服嗎？」

王思鐸看到那件染了血的上衣，「我怎麼可能會對它有印象？誰的衣服？」

半波預想到這答覆，「這是死者的衣服，上面有死者的血。」

他又接著問：「那三年前的八月中旬，你記得你自己在哪裡嗎？」

「三年？別說三年，我三天前的事都不記得。你究竟想問我什麼了？你該不會想說我是兇手吧？」

「半波你搞什麼？給我適可而止一點！」李若蘭喝道，但半波沒打算理會。

「不記得不要緊，我來試試提醒你好了。三年前，王展先生從趙萍寄來的信件中得知自己有一個私生子，所以開始想要尋找他的下落。而收到這信件後的一個月，你卻出現在檀山市裡，你去哪裡幹什麼呢？」

「我哪有去過檀山？」

「[illegible]，你的出境紀錄裡有寫啊。」

[illegible]刻，然後感覺裝模作樣地說：「我想起來了，三年前對吧？

「如果你有出境紀錄那代表我有去檀山出差吧。」

[illegible]有順道追查照片中這男生的下落嗎？」

[illegible]嘗試去了趙萍給的那地址，不過什麼也找不到啊。如果找到，[illegible]我家的一分子了，用得著還委託你嗎？」

「所以你找不到照片中這男生是麼？」

「都說沒有了。」他斬釘截鐵地回答。

「也就是說，剛在檀山大竹海旁掘出來的骸骨，你也是看新聞才知道的，在之前完全不知情是嗎？」

「哈哈，你有病？當然是不知情，要是知情了，我豈不是殺人兇手？」

半波得意地笑：「那就奇怪了，我手上的證據跟你所說的，似乎起了衝突呢。」

「什麼衝突？」

「就是我現在拿的這照片上的血衣，警方在它上面驗出了你和死者兩人的血液痕跡啊。」

王思鐸暴跳如雷：「什麼？我的血？怎麼可能？」

「我也一樣感到驚訝，但那確實是你的血。」

「你怎麼知道是我的血？驗過了嗎？何時驗的？」

「其實是這樣的，這結果也是剛出來。我們從你的毛髮跟血跡做了個基因比對，結論是你的血沒錯。」

「我的毛髮?!你哪來了我的毛髮?」

「咦?!」旁邊的李若蘭忽然驚叫：「不會是那次我撞見了素素，她從書房出來……」

半波滿意的回答：「對啊，謝謝她了，就是你女兒李素素小姐。」

一直站在書房門外的李素素這才出現，她不卑不亢地說：「是我取的頭髮然後給半波先生的。」

「你偷我的頭髮?!」王思鐸狠狠瞪著她。

「是，他跟我說要你的頭髮來做基因比對，我相信他，所以就幫他了。」李素素這麼說，在旁的李若蘭卻沒搞清事情問：「為何?」

「媽，你不要再被騙了，這個男人不是好人，奈奈那件事是他策劃的!」

「你說什麼?!」李若蘭瞪大了雙眼，王思鐸的臉更是露出了想要吃人般的猙

[illegible]、玩到大，從她被綁架我就很傷心，很想要幫忙但我不知道能

[illegible]人的書房看到了奈奈的髮夾，這髮夾是我送給她的，

錯。我那時很懷疑，隔天想再去查看時，那髮夾已經不

，笑話。」王思鐸大笑，房間裡就他一個人能笑出來：「真是荒謬，死跟我有什麼關係？兇手都已經落網了，素素，你別受人唆使亂說好嗎？」

「我才沒有受人唆使。」

半波心裡叨唸，那件案目前確實沒有證據能證明，不過他卻絲毫沒有動搖：「那就先別說那件案，回到我們現在這起案子上，總之因為取得你的頭髮，跟這衣服上的血跡比對後確實是你的血沒錯。王思鐸先生，你這血是怎麼濺到這衣服上的。」

「不記得！」

「又不記得？」

「我壓根不知道這衣服上有我的血，你問我是什麼時候濺上去我沒有概念！」

「真是如此嗎？嗯……我這邊有個證人，對你做出了很嚴厲的指控，他說目睹你跟死者一起走進松樹林，即是屍體發現的地點，然後看到你把他給殺了。」

「蛤？胡說八道！那人是誰？說看到我行兇？這根本是在放屁！他在陷害我！」

「所以你否認了殺人？」

「當然啊！」

「那你解釋一下你的血怎麼濺到這衣服上？」

「我不是說了嗎？我根本不知道為何會有我的血！」

半波沒有心思再糾纏，語氣嚴厲地道：「王思鐸先生，我想你不太懂現在的處境；首先你有動機，只要王展後繼無人，唯一的親屬，即是你，就會有他的財產繼承權。而現在我們不單找到了物證，還有人證。如果你不做出一個合理的解釋，你洗脫不了嫌疑。你不說實話我是沒所謂啦，但現在我手握的這些證供，上到法庭我覺得也是凶多吉少。」

王思鐸的眼神有些動搖，但依然不打算招認，他說：「你別打算跟我來這套，我不會上當的。那說這衣服有我的血跡？可能是我不小心沾上的吧。」

「哦？所以你承認你跟死者有接觸了？」

[illegible]是又怎樣不是又怎樣？就算我的血有在他衣服上，不代表我是殺了他的人

[illegible]是，你碰到了趙名韋，卻不知道他是趙名韋，不小心把血沾

[illegible]有殺死照片中的死者，是嗎？」

誰殺了人？你說自己不是兇手，卻有目睹你殺人的人證，所以指目擊者撒謊是嗎？」

「對啊，你說得一點都沒錯！既然那個人騙你說看到我殺人，那麼他肯定就是殺人兇手！你應該抓他才對，他才是殺死我姪兒的殺人犯！」

「哈哈。」半波忍不住笑了。

「你笑什麼？」

「你剛才說目擊證人殺了誰來著？」

「我姪兒呀，我大哥的私生子。」

「你姪兒叫什麼名字？」

「趙名韋啊！不，他既然是王家的後人，真名應該叫王名韋吧。」

半波沉默了半晌，忽然整間書房都瀰漫著讓人窒息的寧靜。

「你怎麼不作聲？」李若蘭期待著半波接下來的話，迫不及待地問。

「我什麼時候說過趙名韋死了？」

王思鐸驚呆了，目不轉睛的看著半波。

「我問你，你剛才說趙名韋死了，你說照片中的人是趙名韋，而沾了你血的這衣服也是趙名韋穿的，是嗎？」半波問。

「慢著……」

「那就有趣了，我從沒說過照片裡的人是趙名韋呢，他確是死者沒錯，但他可不是趙名韋。這衣服是這名死者死前所穿的，上面也確是有你的血。可是我沒說過現在被挖出來的骸骨是你大哥的私生子，即是你姪兒呀。」

「什麼鬼？那副骸骨不是穿著這衣服嗎？你不是說上面也有趙名韋的血嗎？」

半波回答：「確實穿在骸骨身上的衣服有趙名韋的血，可不是照片中這一件。這件衣服確實有你的血和死者的血，但沒有趙名韋的血。」

「你在說什麼？」王思鐸怒吼，但其實在場的李若蘭和李素素也不太聽得懂半波的話。

「我只是在套你的話而已，我由始至終都在說實話，可我並沒有把所有事連在一起。我分別問你照片和衣服的事情、我問你是否殺死死者、我問你是否見過[illegible]韋，這三件事我都是分開問的，可是你卻混為一談，何解呢？」

「[illegible]是你刻意混在一起說，所以我搞亂了才說錯的！」他狡辯。

「[illegible]便能搞混的。你是見過死者沒錯，所有證據都證明你見過他。[illegible]者是趙名韋的，就只有殺害他的那個人。首先趙名韋可

「你還想狡辯什麼呢？儘管說出來。要是說不出來就我來代你說也行。你到今時今日為止，直到我告知之前，你都認為遇害的人就是趙名韋。無論真的是死者騙你也好，你忘記了也好，你對他的身分深信不疑。所以，你誤以為我這張照片中人是趙名韋、也認為有你血跡的衣服是趙名韋穿的。能得出這三個錯誤結論的人就只有把他殺死的兇手一個而已，你是錯把他當成趙名韋殺掉，並一直到現在都被蒙在鼓裡的人。」

王思鐸眼裡充滿了問號，他還是搞不懂為何自己會被騙，也不知道半波為什麼會看得出來。

「讓我告訴你困惑的原因吧，因為你殺人埋屍後，還有另外一個人，即是那個目擊你行兇的人，把屍體挖了出來了！」

「什麼?!」

「他把死者身上的衣物和東西都換走，替屍體換上一件衣不稱身的中碼血衣，[illegible]件血衣才是真正趙名韋的，你的姪兒把自己的血沾在這衣服上讓屍體穿上。[illegible]骼不比屍體強壯，褲子和鞋子都替換不上去，於是骸骨就只能像現[illegible]上衣。」

[illegible]半波的話，她急著反應：「那個你說目擊小王先生殺

是兇手本身？」

謝謝你問這問題。你說得沒錯，那位目擊者也是有很大的嫌疑，

說，他並不是兇手。」

「為何？」眾人都帶著同樣的疑問。這時，有個男生被警察帶著進了房間。

「因為指控你殺人的那個目擊者，就是他，即是真正的趙名韋本人！」

在場所有人，包括被指控的王思鐸，皆同時往那個男生看去。那個自斷尾指的趙名韋，眼神散渙的看著半波。他累了，在扮演著賀倫的身分一直生活至今，如今他卻得知一直想殺自己的人原來是他的叔叔。不單如此，這人還可能殺了自己的母親。

半波不讓空氣靜止流動，接著說：「你殺的其實是一個叫賀倫的人，是一個一直以欺負人來刷存在感的畜生。他在你面前假冒了趙名韋的身分，想必是貪圖王家後人那份豐厚的遺產吧，所以也正中了你這個專門扼殺王氏後人的殺人兇手，在他還沒有坦白自己的真正身分時就把他殺了長埋地下。而你真正的姪兒，即王展與趙萍所生下來的這私生子，因目睹了你殺人而心存害怕，決定假冒賀倫的身分讓自己避過生命危機。」

半波看著趙名韋：「他換了名字、整了容、不惜切掉自己的手指，拒絕跟他

媽媽聯絡，在一個陌生的地方過著寂寞的生活。但起碼還能生存，皆因想殺他的兇手，一直以為趙名韋已經死了。」

「所以他不可能是兇手，雖然他也有足夠殺死賀倫的動機，但如果他要殺死賀倫，也絕不可能用這方式殺他。他是個比賀倫要矮且瘦弱的人，不可能勒死賀倫。」

「這……真的必然嗎？」李若蘭想要挑錯，可半波搖搖頭，繼續說：「必然的，他做不到，趙名韋的右手早被廢掉了。」

「噫？」她看向趙名韋，後者用落寞的神色試著擺動自己的右手。

「雖然能活動，但使不上力，所以他根本不可能勒死賀倫。」

半波字正腔圓地說出總結：「如果他是兇手，他也絕不會殺完人後假扮死者的身分活下去，因為無論是趙名韋還是賀倫，任何一個人死了都會被人懷疑，這種假冒對事情一點好處都沒有。我要是這樣，肯定假扮一個完全不相關的身分，反正都整容了，扮誰都行啊。但他必須要扮演賀倫，並留下了賀倫還在世上的線

因為如有人發現賀倫在同一時間失蹤，可能會讓人懷疑埋在土裡的不是趙名

計畫就泡湯了。」

堅稱自己是賀倫，目的就是為了製造出『他』還生存的證

他走到床前那老人處，向他行了個鞠躬禮：「王先生，我完成你的委託了，把你的兒子找了回來，而且也把當年殺害你女兒的兇手也抓住了。」

我知道躺著的那個人是我的親生父親，但卻完全沒有實感。

「委託費用我也很好的從蘭小姐那裡拿到手了，謝謝你。」那人似乎睡了又醒醒了又睡，好像短時間都難以好轉，但半波先生還是禮貌的向他答謝，他真是個了不起的人。

「這位是你的爸爸。」李女士跟我說，我點頭示意明白。

「你去叫他一聲？他雖然給不了反應，但應該聽得到你說話。」

她是這麼跟我說，可我卻完全沒有叫出口的勇氣。他是我爸爸？我原來親生[illegible]是一個富翁。那真是好啊，我不就成為一個有錢的富二代了嗎？可我腦裡[illegible]另外一個人，一個跟我一起生活過，一直被我認為是親生父親的人。

「[illegible]小姐，我想他也要點時間接受。」半波在我旁邊說。

「[illegible]多年要你在這種環境下生活，真的苦了你了。」李女士是不是帶著感情。

嗎？」我身後的女孩說，她好像叫李素素，半波先生有跟我講的女兒，確實那份氣質很像。

呢，沒大礙，只是不太能發力。」我說，這手是賀倫當年廢掉的，但如今他也死了，我早就沒有生氣的理由。

「哎，以後日子該怎麼辦？」李素素問。

「真的沒事。」

「我們找最好的醫生，做物理治療，一定會有辦法的。」李女士這麼說，我只好點頭道謝。

「這三年來你都是在潭崗嗎？」

「起初不是，因為害怕事件會曝光，轉了好幾個地方。後來感覺安全了點，屍體也沒被發現，就搬到潭崗去。」我說，想起了潭崗和那裡都很照顧我的人。

李女士問我：「你就一個人過嗎？一個人生活，一個人住？」

「是。」

但我沒告訴她其實我並不孤單，因為我在那個地方找回了自己。

「那你就一直叫自己賀倫？」

「對。」不單在人前人後我都說自己是賀倫，就連我自己都無時無刻想洗腦。

「目前還有在接受什麼治療嗎？」李素素問，我聽說她是個看護，感覺她很溫柔、可以安心讓她照顧的護士。

「生理上沒有了。」我答。

「看得出來你有好好的鍛鍊自己，很不簡單。」李素素說：「那心理上呢？」

半波先生向我打了個眼色，我默然地點點頭，心想這也沒什麼不能說的。

「趙名韋他這一年一直在做心理輔導，透過一個創新的方法來治療心理上的創傷。」半波說。

「心理創傷……」

「嗯，也很正常不是嗎？以他經歷過的事情。但他比你們想像的還要堅強，他一直都在尋求解決的方法。」半波先生雖然是個有矮小症的人，但說起話時總[illegible]得很堅定很有氣勢，完全不覺得他會在哪一方面示弱，這是我仰慕他的地方，[illegible]寫推理小說，一定拿他來當藍本。

[illegible]的方法，是指什麼？」李若蘭好奇。

[illegible]覺得很新鮮，沒想到居然有機構能把如此好玩的事情用作心[illegible]眼裡流露出對這項治療的興趣：「簡單來說，就是模

扮演一個角色，虛擬出一個場景來讓他感受真實的故事。

接的方式，去讓患者解決心裡的鬱結和不快，從中找到釋放的

「即是演戲?!」李素素訝異地說。

「對，就是演戲，你可以扮演任何人、找誰當對手都可以。和你一起演出的都是專業訓練過的演員、有演藝訓練班出來的學員、有執照的心理醫生，甚至有出名的藝人。」

「聽著很好玩啊！」

「對吧，這計畫原本是設計出來讓人玩的，像那些虛擬實境的體驗一樣，但這個卻是真人化，讓你做故事裡的主角。但後來通過研究，覺得這個方式可能可以應用於心理輔導，所以才引入成為研究計畫。趙名韋他就是參加這計畫裡的第一個病患。」半波看著我，我有點不好意思。

「雖然有點逃避現實的感覺，但確實這讓我糾正了很多從前的不好思想，也讓我釋懷了過去沒曾實現的一些遺憾。要不是那裡，我可能早就支撐不住，可能去跳樓、又或者在母親的墳前撞牆死了。」我說。

「不要擔心。」李素素看著我：「你現在不是一個人了，一切都會好起來的。」

我的臉有點發熱，半波先生突然悄聲的湊到我耳邊：「這是個好女生，可惜是你姐姐。」

我目瞪口呆的看著他，他雪白的牙齒流露著令人毛骨悚然的笑容。

「你說那個在潭崗的機構叫什麼名字？聽半波先生說得這麼有趣，我也想去體驗一下。」李素素問我，我卻想起跟我一起演不同項目的演員們，他們真的幫助我很多，甚至在演著戲的過程，也不時對我表露出真實的感情。

「私劇院，代表自己的劇院。」半波代我答：「那是一間新起的樂園，裡面搭了不同的場景來給人演戲。」

「好極！我也想找個帥氣的男演員當我的老公。」她那張臉就如和煦的陽光，把我原先沉甸在腦袋的鬱悶抽空，豁然開朗。

「不過怎麼也好，半波先生，我要跟你說聲謝謝。」我向他鞠躬。

李若蘭和李素素也一樣地表達了感謝，蘭小姐問他：「之後還需要回去檀山[illegible]情都處理妥當了吧？」

[illegible]要回去一趟。」他說。

[illegible]？」

[illegible]，如果找到她孫子的消息，要回去告訴她。」他說，

# 第七屆【金車・島田莊司推理小說獎】決選入圍作品評語

（本文涉及謎底與部分詭計，請在讀完全書後再行閱讀）

日本推理小說之神／**島田莊司**

## 隨機死亡／凌小靈

這次同樣也有三部高水準的作品入選最終候選作品。就這個意涵來說，這次同樣也是收穫豐富的一年。不過，雖然明白每一部作品結構的精妙所在，但這些作品所具有的文學性，如果沒能直接接接觸文體，便難以感受得到。能在短時間做出高完[illegible]譯的機械尚未問世，因此以現狀來看，要針對這方面來評價，還有所困難。

[illegible]紀應該出現的「本格」形態，從以前就常有人推測及談論，追求這[illegible]這次，報名的眾多作品中的時間，都已來到電腦科技網路高度[illegible]我們對這些作品進行選評的機制，卻依然守舊，在這種

[illegible]感到進退兩難。

[illegible]樣也擁有很複雜的未來型態事件構造，若依照現狀的選評方法，[illegible]正確的理解和判定實屬困難。島田賞日後一再舉辦，將會有愈來愈多的作品出現以高水準的複雜思維想出的機關，所以負責選評的一方日後或許也得思考如何讓自己進化。不過，科技在這方面的進展緩慢，教人心急。

這齣殺人劇的舞臺，是一座名為「機關塔」的五層樓建築，故事的安排是從底下樓層開始依序提示謎題，解開謎題後，相關集團就能往上前進一層，而眾人也都乖乖遵照主宰者的意思走。

然而，支配者向眾人宣告，若光是這樣的進展，那就像是情人在談情說愛一樣無聊，所以每次解開謎題，就會從聚集的眾人當中隨意挑選一人奪走其性命。

這座塔堪稱是所謂的「死亡之塔」，在以前功夫電影的顛峰時代，有一部電影《死亡遊戲》，是早逝的李小龍最後主演的作品，當中只有李小龍的格鬥場面拍攝，是在他生前完成的，所以其他場面都是由外觀長得像他的演員當替身拍攝而成。這部故事同樣也是從一樓依序打倒強敵，逐漸往上面樓層走的安排，而最強的敵人就在最頂樓。想到這部電影，從中感覺到一股懷念感，不過，爬高塔完成任務的故事，是中國人的偏好嗎？

在這部小說中，設計出機關塔的人，心中存有怨恨，而且她認為殺人者以及目睹殺人卻懶得採取行動的人，其犯罪的輕重一樣，她想讓這些怠惰的人們知道自己的罪過，其背後暗藏了這名人物一流的正義。

而且這名人物在藉由完成好的裝置，在五層樓高的塔內展開這齣報復劇之前，就已從天橋上跳下自殺，她早已不再是人類的肉體，故事最後還安排了如此具衝擊性的高潮。

對於該稱之為「新本格」，對某種圖表式結構的信仰，似乎也成為說這個故事的動機，就這層意涵來看，這可說是擁有日本新型推理小說潮流DNA的作品，不過，反倒是聚集在塔內的犧牲者表現出的那種順從的感受性，讓人感受到這種基因的機械感，對其結構縝密的完成度感到佩服，但同時也感覺到些許的不協調。

不過，這確實是一部很用心的作品，傾向遊戲偏好的優秀構成力，也包含在這部故事中，所以博得相當的評價。

**真傳**

「委託，說他想找尋懷了他的孩子就此失蹤的昔日愛人，

[illegible]也上的孩子。感覺像是挑戰美國私家偵探小說尋人模式[illegible]名別有一番趣味，且結構複雜，能從中感覺出新鮮感，令人佩服。

[illegible]美國的冷硬派是以錢德勒的馬羅為代表人物一樣，大多是以充滿魅力的第[illegible]稱文體為賣點，但這部作品的文體擁有何種程度的魅力，以目前的審查法還無法得知，所以針對這項判斷，我無法多做陳述。不過，感覺它具備了必要的魅力。

這部作品複雜的整體配置、詭計相關的用心構成、讓推理小說變得更有趣的新點子、描述青春期沉重悲劇的筆觸，都看得出作者的自負。

整體可大致分為兩部分，接受委託而四處調查的偵探報告書，道出這個故事的外在面，而故事的背面，則是以賀倫這位登場人物陳述自己人生的方式所構成。乍看之下似乎沒半點關係的兩個世界，以某個詭計為連接點，其實是連接在一起的兩份報告書，此事一直來到故事尾聲才明朗化。

長時間無法查明的原因，是因為賀倫使用某個犯罪手段，一直頂替別人的身分，儘管如此麻煩，他也沒任何怨言，可見他的人生有許多問題，充滿了悲哀，令他很想拋下這一切。而為了加以治癒，對已經不可能謝罪的人格進行謝罪，賀倫甚至還借助了劇團人工演出的人際關係。

這樣的複雜構造相當出人意表，是全新的體驗，所以獲得了很高的評價。

# 喪鐘為你而鳴／王元

二〇四〇年代，電腦社會已達到從前發想這項科技的高手們所假想的追求目標。在都市生活中會面臨繁雜的日常步驟，例如早起、打開窗戶或窗簾、沖咖啡、準備早餐、準備乾淨的內衣、為了走出房間而開門、等電梯、從高樓層公寓的一樓坐進自駕車、輸入目的地——。

這類的事雖然沒有逐一寫進作品中，不過，我們人類的身體，尤其是雙手，可能都從這些繁雜的日常工作中解脫了。若是這樣，從事這些作業或判斷所需要的人類記憶或是思考判斷的部分功能，很可能會退化。再者，存在於工作周遭的各種器械操作，也會由比人們的思考線路早一步運作的網路假想各種可能性，盡善盡美地串聯在一起，所以人們只要以口頭下達最低限度的指示，就能輕鬆行動。

或者，根本連開口下達指示都不需要。吃完早餐後，對自己的房間下達開門命[illegible]，電腦可能就會依據那個時刻和服裝等因素，從無數的模式中挑選出這[illegible]指示者該採取的行動，完美整理出接納未來的態勢。指示者的心[illegible]要能假想這種情況，就不需要特別擔心這套系統了。

……的判斷力和簡單機械的操作能力，究竟還剩下多少呢？
……動作還記得多少呢？遇到停電這種青天霹靂的情況時，在超高……們，真的能靠自己的力量走到地面上嗎？這可說是個耐人尋味的假……」。

在這種時代，人們會做出「殺人」的行徑嗎？電腦社會容許這種事發生嗎？話說回來，奪走別人性命這種原始的行為，其動機還能保有充分的合理性嗎？而描寫這一連串行為，並加以說明，人稱的「本格推理小說」又會如何改變？能繼續成立嗎？還是會失去意義？或者是這當中有個很根本的疑問，在這種社會下的人類，取得像國王般的命令權，以及一個絕對服從的社會，是擁有特權嗎？還是說，人類是藉由設計完善的機械而得以巧妙生存，就像瓶子裡的螞蟻？

話說回來，「本格推理」這個繁雜的話語，是向誰送出的娛樂？到底想取悅誰？電腦社會，還有生活其中的人，如果已變得對殺人的成就不感興趣，那麼，一部描寫始末，絞盡腦汁想擺脫嫌疑的小說，沒人會樂在其中。至少瓶子裡的螞蟻不會。這樣還寫得出小說嗎？由誰來寫？為誰而寫？

享受殺人計畫的人，其腦力與記憶有關。人的內心，是經由固定在「記憶」這個硬碟中的眾多經驗而得以產生，它對未來幾乎沒有半點預測能力，令人吃驚，所以娛樂才有可能成立。那麼，對電腦網路來說，殺人的紀錄也許根本不會令其感到激動或興奮，就只像公司的記帳簿一樣，是宛如散文般的數字羅列。

街道上滿是監視器，數量幾乎無限多，犯人真的有辦法做出像《希臘棺材之謎》這種大規模的詭計嗎？在這個以迷你麥克風將家裡所有對話全部記錄成聲音檔的時代，真的有辦法做到完全犯罪嗎？

在這能事先判斷出某人是否有犯罪傾向的時代，真的有辦法犯罪嗎？在警察大規模展開大數據分析的時代，重刑犯有可能藏身十多年嗎？

日本展開了名為新本格的創作風潮，規定要在像孤島或暴風雪山莊這種警察搜查權到不了的邊陲之地展開密室遊戲，這是最佳舞臺，但在這種時代，玩家們在封閉的館內互相監視、檢查成員各自的計步器，比較自己與其他參加者的步數，應該就能查出對方的所在地吧。

發現屍體時，檢查設置在房內的智慧電表，也能推測在犯案後誰使用過廁所。

[illegible]果這個時代能用３Ｄ列印機輕鬆製作出構成密室的裝置，就能展開更進一[illegible]果有在３Ｄ之外加上時間軸構想的４Ｄ列印機，那麼構成密室的[illegible]、記憶，可以假想出無限個類似的工具。

[illegible]是想帶進「本格推理」有趣的視線以及感受性，那就

的感受性，想想那些在科技還不夠成熟的情況下徘徊，就是說，只能從這個智慧型的社會中，強行創造出數十多年前

於是作者說，唯一的解決辦法，就是大膽的轉換「時間軸」。將故事舞臺搬回沒有數位機器以及無法上傳資料的非網路時代。

因此，登場人物要在科技成熟的近未來，召集所有人來到日本新本格喜愛的典型設定內，並準備「數位排毒」這個煞有其事的說法，當作召集的理由。

被小船載到孤島的棧橋登陸，蓋在島上的建築密室內配有各自的寢室，在此待上幾天，並施予特殊療法，從體內排出這種異常成熟的科技毒素。

硬是把螞蟻放進小瓶子裡的作者如此宣告道：

「這五天的時間，我會幫助各位從科技的影響力中獲得解放，重拾自己的身心。在這五天的時間裡，各位生活的這座島上沒電也沒網路。基於衛生考量，只有自來水能用。」

說起來，二〇四〇年代的人們，被安排回到日本新本格發生時的一九八〇年代，但作者的意圖在這樣的時代下還沒滿足，接著又提出五項要求。

「第一，在數位排毒期間，各位都不能交談，也不能與他人有身體接觸或是

目光交會。

第二，這五天只能吃素。一天二餐，午餐後便不再進食。

第三，這段期間禁止讀書、做筆記、聽音樂。

第四，請勿化妝、使用有氣味的保養品。此外，請勿佩戴裝飾品，請穿我提供的白色衣褲。

第五，不准殺生。謹此。」

這麼一來，就遠遠越過電腦出現、新本格勢力抬頭之前，回到了美國班傑明．富蘭克林在雷雨天放風箏的時代之前了。

這個具有革命性意義的故事最重要的關鍵，就表現在登場人物抵達棧橋時的場面。不知為何，陸續登陸的人物眼中，並沒出現描述者。這部作品獨特的構想，也就是故事的骨幹，在這裡開始顯現。

就這樣，登場人物聚集島上，事件描寫就此展開，但理應充滿戲劇性的描寫[illegible]名的冰冷、沒有起伏，尤其是對人的描寫，缺乏想吸引讀者的文藝厚度和[illegible]是自《殺人十角館》以來，日本新本格作家們刻意接納讀者一再提[illegible]的巧妙算計。

[illegible]《殺人十角館》所暗藏的問題，會對迂腐的批判帶有一

展現出頑強的必然性，這令選評者深有所感。

像這樣展開說明，會一路通向驚人的結局，不過就某個意涵來說，寫這部小說的人完全按照自己的預料，覺得這樣的始末很有趣，而將螞蟻放入瓶中的特殊存在。這樣的展露方式前所未聞，肯定能讓許多讀者大吃一驚。

展現嶄新、傑出構想的超級新人，既不是臺灣人，也不是中國人，而是來自一直在我們熱切關注的目光之外的馬來西亞，一位來自南方國度的才華出眾之人。此事超乎選評者的意料之外，是最大的喜悅，也對此充滿期待。

這部作品可說是在二十一世紀這個全新的時期下，與島田賞第一屆得獎作品《虛擬街頭漂流記》並駕齊驅，展現出在電腦時代下「本格」全新的可能性，是很傑出的思考實驗。

以這部作品的出現為契機，馬來西亞是否會成為新的「本格推理」創作王國呢？有了這個國家的加入，亞洲是否能向世界展現，我們能成為「二十一世紀本格推理」的領導者，敲響清亮的鐘聲呢？這部優秀的作品，讓來自日本的人懷抱這樣的期待和夢想。

國家圖書館出版品預行編目資料

棄子 / 傅真著. -- 初版. -- 臺北市：皇冠, 2021.09
[民110]. 面; 公分. --(皇冠叢書; 第4971種) (JOY ; 228)

ISBN 978-957-33-3785-0 (平裝)

857.7 110014116

皇冠叢書第4971種
**JOY 228**
# 棄子

作　　者—傅真
發 行 人—平雲
出版發行—皇冠文化出版有限公司
臺北市敦化北路120巷50號
電話◎02-27168888
郵撥帳號◎18420815號
皇冠出版社(香港)有限公司
香港銅鑼灣道180號百樂商業中心
19字樓1903室
電話◎2529-1778　傳真◎2527-0904
總 編 輯—許婷婷
責任編輯—陳思宇
美術設計—葉馥儀、李偉涵

著作完成日期—2020年
初版一刷日期—2021年9月

法律顧問—王惠光律師

讀者服務傳真專線◎02-27150507
電腦編號◎406228
ISBN◎978-957-33-3785-0
Printed in Taiwan
本書定價◎新台幣320元/港幣107元